1924／1946

沈从文经典作品与沅水流域文化

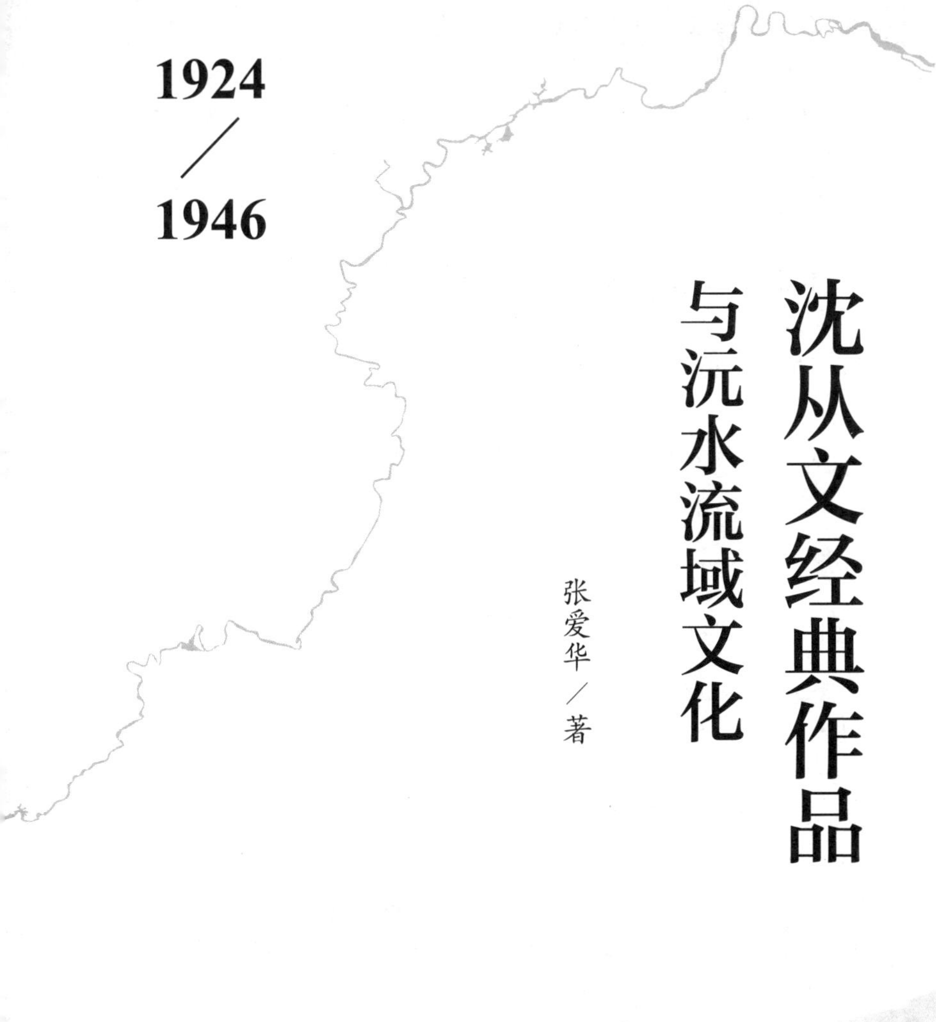

张爱华／著

图书在版编目（CIP）数据

1924—1946沈从文经典作品与沅水流域文化 / 张爱华著. -- 北京 : 中国书籍出版社, 2020.10

ISBN 978-7-5068-8080-0

Ⅰ. ①1… Ⅱ. ①张… Ⅲ. ①沈从文（1902-1988）—文学研究②河流—流域—文化研究—湖南③河流—流域—文化研究—贵州 Ⅳ. ①I206.7②G127

中国版本图书馆CIP数据核字(2020)第214374号

1924—1946沈从文经典作品与沅水流域文化

张爱华　著

图书策划　成晓春
责任编辑　张　娟　成晓春
责任印制　孙马飞　马　芝
封面设计　东方美迪
出版发行　中国书籍出版社
地　　址　北京市丰台区三路居路 97 号（邮编：100073）
电　　话　（010）52257143（总编室）　（010）52257140（发行部）
电子邮箱　eo@chinabp.com.cn
经　　销　全国新华书店
印　　刷　北京睿和名扬印刷有限公司
开　　本　880毫米 × 1230毫米　1/32
字　　数　205千字
印　　张　7
版　　次　2021 年 1 月第 1 版　　2021 年 1 月第 1 次印刷
书　　号　ISBN 978-7-5068-8080-0
定　　价　68.00元

目　录

引　言

1925 年 3 月，沈从文以笔名休芸芸在北京《晨报副刊》发表散文《遥夜》。1925 年 5 月 3 日，《晨报副刊》刊载“五四运动纪念号”，收录署名唯刚（即林宰平，著名哲学家，佛学家，书法家）的作者发表的《大学与学生》一文，评论《遥夜》。在这篇最早对沈从文文学创作进行评论的文章中，有一小段话是这样阐述的：“上面所抄的文章，我是做不出来的，是我不认识的一个天才青年休芸芸君《遥夜》中的一节……《遥夜》全文俱佳——实在能够感动人。”[①]1925 年 11 月，沈从文在《晨报副刊》发表散文《市集》，徐志摩在其文后附上《志摩的欣赏》，称赞沈从文的文笔“像是梦里的一只小艇，在波纹鳞鳞的梦河里荡着，处处有着落，却又处处不留痕迹。这般作品不是写成的，是‘想成’的。给这类的作者，批评是多余的，因为他自己的想象就是最不放松的不出声的批评者。奖励也是多余的，因为春草的

① 转引自邵华强 . 沈从文研究资料（上）[M]. 北京：知识产权出版社，2011：8.

发青，云雀的放歌，都是用不着人们的奖励的”[①]。1927年4月16日，《北新周刊》第34期发表徐霞村（著名作家、翻译家）的评论文章《沈从文的〈鸭子〉》，文章说：“那些对话是那样流利，那样流利，以至能给你一种完全出于自然的印象，叫你找不出一点生硬的痕迹。一字字地在你耳边震荡，如同麻雀的叫声那么清脆。”[②]20世纪20年代的文学评论家把表层阅读带入了沈从文研究之中，为对沈从文研究未知边疆进行探索奠定了良好基础。

进入20世纪30年代后，1931年5月，《浊流》第3期发表了吕慈的《论沈从文》。吕慈认为：“作者展开的都是和平的称颂，赞美得使人有几分疑心这不是中国，混战下的中国的领土。”[③]1932年3月20日，《青年界》第2卷第1号发表陈子展的《沈从文的〈旧梦〉》，从比较的角度认为：“作者写这种柔弱的性格，潦倒的生活，所遭的命运，所演的悲剧，自伤自嘲，曲折，有很动人处。鲁迅先生诙谐的风趣，郁达夫先生感伤的调子，似乎都于作

---

① 沈从文．沈从文全集（第十一卷）[M]. 太原：北岳文艺出版社，2002：49.

② 邵华强．沈从文研究资料（上）[M]. 北京：知识产权出版社，2011：9.

③ 邵华强．沈从文研究资料（上）[M]. 北京：知识产权出版社，2011：12.

者有些影响罢。”[①]1934 年 6 月 7 日，《北京晨报 · 学园》发表汪伟的《读〈边城〉》，从接受学角度认为“沈氏文章颇受佛经影响，也有融化唐诗的意境而得到可喜的成功的。”[②]1934 年 9 月，《文学》第 3 卷第 3 期发表苏雪林的《沈从文论》，从文体、作品艺术等方面评价了沈从文的创作力，将黎锦明与沈从文进行比较，虽只有寥寥数句，但视野可贵。1934 年 12 月 16 日，《北辰报 · 星海》发表罗曼的《读过了〈边城〉》，认为“在文章背面，却像是把城市和乡村经济矛盾的地方，暴露了许多。这在老船翁的生活，便是城市生活的一种反衬”[③]。1935 年 6 月，《文学季刊》2 卷 3 期发表刘西渭的《〈边城〉与〈八骏图〉》，认为沈从文是“一个渐渐走向自觉艺术的小说家”[④]，将废名与沈从文进行比较，虽只有一小段，但开启了对京派作家间的比较分析，沈从文不同作品的差异化也开始在此呈现。

---

① 转引自邵华强 . 沈从文研究资料（上）[M]. 北京：知识产权出版社，2011：21.

② 转引自邵华强 . 沈从文研究资料（上）[M]. 北京：知识产权出版社，2011：29.

③ 转引自邵华强 . 沈从文研究资料（上）[M]. 北京：知识产权出版社，2011：44.

④ 转引自邵华强 . 沈从文研究资料（上）[M]. 北京：知识产权出版社，2011：51.

刘西渭部分论点得到沈从文认可，沈从文说："李健吾就用刘西渭的笔名批评我，批评得比较深刻，他就提到这些问题，他有两篇文章写得很好的，到现在为止还没有超过他的。"[①]1937 年 5 月至 8 月，《文学杂志》从第 1 卷第 1 期到第 1 卷第 4 期，先后发表了沈从文的《贵生》《大小阮》《神之再现》《再谈差不多》。朱光潜在每一次的《编辑后记》中，均对沈从文的作品予以肯定，既肯定其对湘西风土人情的描绘，又指出沈的小说"比以前似更冷静深刻"[②]，或希望作者站在读者的地位，"打过喷嚏之后，会得到一种康健的效果"[③]。作为沈从文的良师益友，朱光潜在对沈从文等人创作实践进行文学批评的同时，也建构了京派文学理论。20 世纪 30 年代的文学评论家，对沈从文其人其作开始了多视角的诠释与批评，从一定程度上也促进了沈从文当时的文学创作。

进入 20 世纪 40 年代后，1941 年 5 月，《中国文艺》第 4 卷第 3 期发表林茨的《昆明冬景》，认为"作者近因

---

① 王亚蓉 . 沈从文晚年口述 [M]. 西安：陕西师范大学出版社，2003：79.

② 朱光潜 . 朱光潜全集第八卷 [M]. 合肥：安徽教育出版社，1993：548.

③ 朱光潜 . 朱光潜全集第八卷 [M]. 合肥：安徽教育出版社，1993：564.

为是‘反世违俗’，才独有他的长处”，肯定其创作。同期的桥川时雄、冈本隆三等日籍学者的研究目光也开始投向沈从文。1948 年 3 月，郭沫若在《大众文艺丛刊》发表《斥反对文艺》，沈从文被贴上“桃红色”的标签。20 世纪 40 年代的文学评论家，多从社会学层面对沈从文进行评价，从某种程度上影响了沈从文的后续生活和创作。

进入 20 世纪 50 年代至 70 年代末，沈从文作品在中国大陆鲜见，国内关于沈从文的研究近乎停滞，海外学者自此开始做些开创性研究。

1961 年，美籍华裔学者夏志清出版《中国现代小说史》，1975 年，香港学者司马长风出版《中国新文学史》，两人均肯定了沈从文的地位，也肯定了沈从文对现代人生存困境的深层关怀。20 世纪七八十年代，美籍华裔作家聂华苓（1972 年出版《沈从文评传》）等在论述沈从文创作中的“自然人”时，曾力图从劳伦斯、卡缪、福斯特等西方现代派作家身上寻找沈从文所受的影响。与华裔学者恰成相反倾向的是，非华裔学者，如美国学者金介甫（1972 年开始沈从文研究，1977 年写成博士论文《沈从文笔下的中国》获得博士学位）、日本学者小岛久代、瑞典学者马悦然、德籍华裔学者汪珏等，则偏重于寻找和发现沈从文创作所呈现出来的民族文化和区域文化的色彩以及它们的内在联系。

20 世纪最后二十年，沈从文研究是以凌宇（1980 年在

《中国现代文学研究丛刊》发表《沈从文小说的倾向性和艺术特色》）分析沈从文作品中“人性”的具体内涵，笪论富、龙海清等以背景探源和思想剖析为切入点。王继志对沈从文在作品中的人性、人情和人道主义思想的复杂性作了探讨；张贤平、詹鹏万、韩立群等讨论了沈从文作品中的心理描写、对比艺术和语言特色。赵学勇等论述了沈从文与中外文化思想相呼应的一面，着眼于沈从文与美国作家福克纳的创作的相近之处。易小明把沈从文的生命艺术观与泛神论思想相联系。吴立昌论述了沈从文与弗洛伊德精神分析学说的关系。吴曦云开始关注苗族的某些“集体意识”。韩立群关注沈从文与艾芜在创作上的独异性。刘洪涛认为，沈从文是以地域特征消解民族文化特征，这在他后期创作中尤为明显。这段时期，研究者主要是从文化人类学、哲学、心理学等多重视角研究沈从文，但纵深不够。

新世纪以来，研究者一方面聚焦于沈从文的个体意识，从创作思想、文化、宗教、审美等不同维度切入，深化了对其深层意识的认识；一方面借鉴西方理论或传统文化资源对其艺术特征展开独特的阐释，同时，通过与中外作家或小说流派之间的比较研究，使其创作个性、思潮定位更加鲜明地凸显出来。总括起来，大致有如下视角：

（1）“现代性”或“反现代性”视角。刘洪涛、吴晓东等人以“民族国家想象”为切入视角展开研究。吴晓东认为，“《长河》最终体现出的是国家主义与地方话语之间的张力。”逄增玉、杨联芬、刘永泰等人则以“反现代性”来概括沈从文。但是，单纯以“现代性”或“反现代性”视角研究沈从文，往往会落入忽视其表现对象的民族特性与表现空间的前现代性特征的窠臼。

（2）文化视角。凌宇、陈国恩、柳昌辰、杨义、何小平、任晓兵、罗维关注沈从文的文化选择，这一基点有助于理解其主体意识及艺术世界。但是，有的研究刻意将其文化视野扩大到整个中国传统文化的范畴，恰恰忽视了最为独特之文化选择的内涵。

（3）宗教视角。张光芒、苏永前、王海燕关注创作主体深层精神内蕴所隐藏的宗教意识。但是，有的研究多以现存宗教特征硬套研究对象，少将文本细读有机融合，沈从文的宗教意识对于沈从文的创作风格、文本内蕴、意境建构等具有怎样的价值，依然是待阐释的问题。

（4）透视审美特征视角。赵顺宏、王继志、丁帆、解志熙通过透视审美特征进入其文学世界。这个角度拓展了对沈从文审美观念的认知与理解，将中西文化的共同渲染引入研究。但是，有的研究存在过分依赖西方理论资源，生搬硬套西方文艺理论的缺陷。

（5）叙事学阐释视角。王润华、裴春芳、郑薇、杨玉珍注重沈从文的作品的叙事学阐释，借鉴西方理论进行意象剖析、故事溯源，进行原型、叙事学、人类学、阐释学等方面的阐释。

（6）浪漫抒情的“诗意”视角。杨义、吴福辉、龙慧萍、苏琴琴、邱于芸、杨瑞仁则注重沈从文的创作浪漫抒情的“诗意”的一面。

（7）比较研究的独特视角。丁颖、王继志、吴正锋从不同的视角对鲁迅与沈从文进行了比较研究；刘东方、吴福辉、赵学勇、任葆华、董之林等从“乡村中国”“中国文化的批判”、“多元文化的审美角度”等文学视野和观照角度将沈从文与胡风、茅盾、老舍、赵树理、新感觉派以及寻根小说进行研究；金介甫则从“放逐”“实验性的文学”等方面比较屈原、沈从文；田晓琳、赵学勇、李萌羽、杨玉珍、杨瑞仁将沈从文与川端康成、福克纳、卢梭、泰戈尔等外国作家进行比较，从不同文化语境凸显沈从文创作个性。凌宇在《巫觋人文——沈从文与巫楚文化·序》中，对这一阶段的沈从文研究有过中肯的评价，他说，“纵观当下的沈从文研究格局，基本上仍停留在 20 世纪 80 年代的水平，90 年代以来，虽然不断有新的研究成果，填补、充实原有研究的不足和缺失，但作为阶段标志性的成果却不多。沈从文研究呼唤着新的突破”[①]。

新时期，解志熙、张新颖等将目光转向沈从文作为作家与学者的个体价值，包括沈从文文学创作的场域影响，沈从文对当代文学创作的启发与影响，沈从文作为文化资源的传承与弘扬等。

关于沈从文经典作品与沅水流域文化研究，有凌宇、刘洪涛、赵学勇、周仁政、董正宇、商金林、唐勇、莫华秀、神兴彬等人，运用为数不多的文献资料，围绕苗汉文化、民俗构成、巫傩文化、湘西方言、湘西音乐美术、区域民俗、民间文学乃至土匪与游侠等问题进行初探。

不可否认，对沈从文其人其作的相关研究已取得较大进展。然而，从沈从文经典作品与沅水流域文化研究来看，已有的有关研究依然薄弱：一是研究者的思路较少跳出乡土范围；二是沈从文的经典作品，尚未得到有效开掘，从文本细读的角度，对涉及沅水流域文化的作品没做整体把握，这方面的研究还比较欠缺；三是对沈从文经典作品中沅水流域文化缺乏整体性研究，当前研究呈现零散状态；四是存在重复研究，为数不少的研究的观点或结论趋同。特别是对于沈从文经典作品与沅水流域文化研究的文献，

① 周仁政 . 巫觋人文——沈从文与巫楚文化 [M]. 长沙：岳麓书社，2005：1.

尤为鲜见。

沈从文经典作品与沅水流域文化研究有利于梳理沈从文经典作品中所呈现的沅水流域文化意象，发现历史价值与审美价值的兼备体，提炼沈从文沅水流域地理志叙事及民族文化叙事，探寻其作品中通过还原、参照、贯通、融合而建立起来的既具有沅水流域文化特色，又充分现代化的叙事学体系，通过再发掘植根于沅水流域传统文化土壤之中的沈从文经典作品中的历史内涵和独特风格，推进沈从文文艺理论的构筑；有利于从经典作品这一途径去打开沈从文的文学世界，沿着从沈从文的沅水→湘西的沅水→中国的沅水→人类的沅水这一文学意义，重新认识解构启蒙话语的意义，重新探究他为中国小说的进一步现代化开辟道路的意义，重新审视如何把这些经典作品融入沅水流域文化发展之中，丰富和扩展流域文化名城（常德等）的文化内容和风貌。

本书主要围绕小说叙事、解构启蒙话语等，研究沈从文整合西方现代文化和本土传统文化，重构自己现代的民族新文化的路径，通过对沈从文及与其同时代作家作品的比较，研究其经典作品中所蕴涵沅水流域文化生态元素的写作理念，揭示其寻找书写文字与口语文化的平衡点的路径，打通现代与中国传统的道路；解构在沈从文笔下生成的双重图景，一方面是日渐远去的让人怀恋的沅水流域文化，另一方面却是斑驳的现代意识，分析两种彼此冲突对峙的观念视野在经典作品中的呈现，从文化视角去解释沈从文的文学世界。

沈从文经典作品植根于沅水流域传统文化的土壤之中，形成了丰富的历史内涵和独特的风格。它是沅水流域整个文化精神形象而具体的展示。沈从文的沅水流域叙事，既是中国现代文学中最具人类学意义与价值的写实，又是文学化的乡土存在。与沅水流域传统文化紧密相联的沈从文经典作品，把现代浪漫主义思潮引向了民族的传统，注入了现代人的个性意识，既是向传统的回归，又是朝现代化的方向发展，既是对“五四”浪漫主义的超越，又是对传统写作内容的有效扬弃。作家的性格气质、审美情趣、艺术思维方式和作品的书写内容、艺术风格、表现手法，细致、准确地把握沅水流域文化对沈从文经典作品所产生的有时隐蔽、有时显著，然而总体上却非常深刻的影响。把沈从文放在中国现代文学由 20 年代到 40 年代发展的总体趋势中考察其独特性，通过分析其经典作品题材与反映视角的特殊性，寻找他笔下的沅水流域文化特质。本书从宏观上进行文本梳理与归类，考察沈从文整合西方现代文化和本土传统文化的表现，通过理论演绎，得出沈从文重构自己现代的民族新文化路径的合理内因；研究其经典作品中所蕴涵沅水流域文化生态元素的写作理念，重点从文化人类学、哲学、心理学、美学等多重视角研究沈从文充满前瞻性和可生发性的新路径，演绎与建构沈从文经典作品与沅水流域文化的写作理论；将沈从文经典作品置于沅水流域文化视阈下结合文化人类学、哲学、心理学、美学等理论进行研究，既是基于现代文学的整体视野对沅水流域文化的再审视，也开辟了沈从文小说研究的新视角。

第一篇
沅水流域文化的发现者

文学与大自然有不解之缘，《礼记·孔子闲居》说，“天降时雨，山川出云”，说的是人与山川的亲和；《诗经》中的比和兴，使草木鸟兽象征了诗人的悲欢离合；到了《离骚》，兰、蕙、芷、蘅成了屈原的志洁行芳。刘勰在《文心雕龙·物色篇》中说：“自近代以来，文贵形似。窥情风景之上，钻貌草木之中。”古往今来的文学作品中，人与自然无比亲和的审美境界不断被展现，人与自然的审美关系也不断得到提升。中国现代文学作家进一步拓展文学的审美空间，特别是沈从文，其文字中所表现的沅水流域文化，其浓厚的人文气息和新鲜的审美意趣，令人耳目一新。沅水流域是中华文明的发源地之一，文化底蕴深厚。沈从文不是考古学家，但他却在20世纪上半叶发现了沅水流域文化中精致的美，他看见的是“都市文明日益沉落的萧条侧影”，他是湘西朴野之美的发现者。

湘西凤凰沱江。湘西沱江为湖南省凤凰县境最大的河流，为武水一级支流。沱江从西至东横贯凤凰县境中部地区，流经腊尔山、麻冲、落潮井、都里、千工坪镇、沱江镇、官庄、桥溪口、木江坪等 9 个乡镇，至泸溪县河溪会武水，在武溪镇汇入沅江。干流全长 131 公里。

第一章　根情——文化记忆

一个作家在教育、学习、修养、传统、知识等方面的早年经历在其文化身份的形成中扮演着重要角色。文化记忆能够帮助一些作家在写作中确定位置。哥伦比亚作家、记者和社会活动家，拉丁美洲魔幻现实主义文学的代表人物加夫列尔·加西亚·马尔克斯与作家兼记者普利尼奥·阿普莱约·门多萨的谈话录中，提及其十三岁出远门的情形："浅浅的沙滩在马格达雷纳河[①]中游扩展。那里，不时可以瞥见一两条热得昏昏沉睡的鳄鱼。每当黎明或黄昏彩霞满天的时刻，长尾猴和鹦鹉便在遥远的河岸不住地啼鸣。跟马克·吐温时代穿梭于密西西比河的汽船一样，老式的轮船也需八天时间才能在这条河慢慢地溯流而上，到达内地。加夫列尔在十三岁的时候才第一次登上这种轮船，开始了他的流浪生涯，开始了将对他的一生起决定性作用的

① 为哥伦比亚河名，全长1558公里，由南至北流经全国十省。

生涯。”[①] 这种异域背景下哥伦比亚式的体验，和沈从文沿着沅水河去寻梦的心境是相似的。

沅水风光

第一节　自然沅水：向上精神的一种闪灼

清道光三十年（1850 年），沈从文的曾祖父沈岐山率领家人从贵州铜仁下寨迁移到湖南凤凰黄罗寨。沈岐山替

① 〔哥伦比亚〕加·加西亚·马尔克斯，普利尼奥·阿·门多萨. 番石榴飘香 [M]. 北京：三联书店，1987：50.

人守山护林，长子沈宏富“投奔乾州参将邓绍良，成为‘湘军’一卒。后与同乡田兴恕一道转战江南数省镇压太平军。因“战功”显赫以至官领贵州提督”[①]。后来，沈宏富告病归乡，于镇筸城内南门坨“买下毗邻的吴、杨两姓房屋，加以改建，但居住仅一年，因相信迷信，认为此宅不利于人丁繁衍，遂于同治五年（1866 年）选定道台衙门对面中营街，另起房屋”[②]。这就是沈家大院，至今仍存的沈从文故居。

当地为何叫镇筸城呢，1980 年 7 月，沈从文在书信中提到这种称谓，“‘筸’字出处，系凤凰县苗乡一地方专名，旧名‘筸子坪’，与另一‘镇大营”地方合并产生个‘镇筸镇’，时间在清代嘉庆时，加了个统兵官镇台，统兵三千，后称镇守使。又另由‘凤凰厅’升级为凤凰县，设了个辰沅永靖兵备道，也在这个县里，有战兵千七百人，围绕县城设碉堡千多座，用苗汉混合民兵七八千防守碉堡，且有土长城二百多里，贯串凤、乾、永三县碉堡，日夜有兵于碉堡间巡逻。主要是镇压当时的苗民。”[③]1902 年 2 月 28 日，沈从文出生于此地，在此度过了他美好的童年。1981 年，

---

① 钟亚萍 . 沈从文祖籍家世初考 . 吉首大学学报 [J].1989（1）.33.

② 王继志 . 沈从文论 [M]. 南京：江苏教育出版社 .1992：5.

③ 沈从文 . 沈从文全集（第二十五卷）[M]. 太原：北岳文艺出版社，2002：117.

沈从文先生由夫人张兆和及两名助手陪同，去广州校对其系统考证中国服饰文化的学术专著《中国古代服饰研究》，返京时路过湖南省长沙市，在湖南省博物馆发表演讲，他说，“我十五岁就离开了家乡，到本地的破烂军队里面当一个小兵，前前后后转了五六年，大概屈原作品中提到的沅水流域，我差不多都来来去去经过不知道多少次，屈原还没有到的地方，大概我也到过了，那就是乡下。所以我对沅水的乡情，感情是很深的。”[①] 有趣的是，据沈从文的同窗熊澧南回忆，沈从文直到在青岛大学教书时还对下水有些胆怯，以至“终生与游泳无缘”[②]。

沅水，是长江流域洞庭湖支流，流经中国贵州省、湖南省。沅江是湖南省的第二大河流，干流全长 1033 公里（也有 1022 公里等说法[③]），流域面积 8.9163 万平方公里。沅水流域地跨贵州、四川、湖南、湖北四省，属洞庭湖湘、资、沅、澧四水中的第二大水系。沅水流域高山环绕，东以雪峰山与资江分界，南以苗岭山与柳水分界，西以梵净山与

---

① 王亚蓉 . 沈从文晚年口述 [M]. 西安：陕西师范大学出版社，2003：3.

② 熊澧南 . 迟写的纪念——追忆少年同窗从文先生 // 凤凰文史资料第二辑——怀念沈从文，1989：83-85.

③ 贵州省地方志编纂委员会 . 贵州省志・地理志（上册）[M]. 贵阳：贵州人民出版社，1985：899-900.

乌江相隔，北以武陵山与澧水为邻。沅水上游及其酉、巫、武、辰、沅等称作“五溪”的支流，蜿蜒在崇山峻岭之间。汉初将秦之黔中郡改为武陵郡，对居住在其地的少数民族统称为“武陵蛮”[①]。东汉至宋，武陵蛮在沅水上游五溪地区的，又称“五溪蛮”，实际上成了沅水上游少数民族的总称。

修船的桃源人

历史上，许多文人骚客与沅水结缘。据专家考证，屈原在沅水流域生活长达16年，以《离骚》《涉江》《九歌》《天

① 尚立晰，向延振．张家界市情大辞典[M]. 北京：民族出版社，2001：180.

问》为代表的骚体诗绝大部分是在溆浦、辰溪等地完成的；南北朝阴铿的《渡青草湖》，留下了“洞庭春溜满，平湖锦帆张。沅水桃花色，湘流杜若香”的名句；唐代王昌龄脍炙人口的《送柴侍御》，“沅水通波接武冈，送君不觉有离伤。青山一道同云雨，明月何曾是两乡”；宋代王十朋则留有“舟人鼓楫呼何在，声似湘沅江上声。更听刘郎竹枝曲，不论南北总伤情”的字行，宋代张嵲也有“衡岳峰高刮眼明，行看浑异去时情。斜阳托宿沅江上，反听哀猿是好声”的诗句。情文并茂的诗句让有形的沅水披上了情感的面纱。美国美学家乔治·桑塔耶纳说：“当山川景物对我们心理情调的更微妙的影响，变成那些地方的一种意味深长的表现，而我们的梦想又给它们加上诗情画意，我们瞬间的幻想把它们化为洞天福地和缥缈传奇的许多寓意——那时我们便觉得风景是美的。那时，森林、原野、一切荒凉景物或乡村风光，都充满了情意和乐趣”。[①]

歌德曾经说，大自然“环绕着我们，把我们拥抱在她的怀里”，“她是举世无双的艺术家——她用最简单的材料造出了一个大千世界，真正是：无斧凿痕、美免美轮、巧夺天工，且霓裳羽衣，袅袅轻装”，“运动和发展，是

① 〔美〕乔治·桑塔耶纳 . 美感 [M]. 北京：中国社会科学出版社，1982：146.

她身上永不枯竭的生命”。[①]大自然于歌德如此，沅水于沈从文，也是如此，渴望着到外面的世界去读“一部社会的大书”的沈从文使用淡雅、恬静、闲逸的文字，使沅水呈现一种纯美的艺术形态。对于水的亲和是人与生俱来内蕴于心的一种普遍情感。我们从瑞士心理学家荣格（Carl Gustav Jung，1875—1961）的自传中同样能够读到这样的审美追求，荣格出生于瑞士东北部康斯坦茨湖畔的克里维尔，他说“我记得母亲带我去图尔高看一些朋友，他们在康斯坦茨湖边有一座城堡。我立即被水迷住了，渡船激起的浪一直冲到岸边，阳光在水上闪烁，水下的砂子被浪花冲成一道道小埂。湖向无垠的远方伸展开去，那广阔的水面在我看来简直是说不清的喜悦，不可比拟的瑰丽。就在那时，一个想法在我脑子里生了根：我一定要一辈子生活在湖边。我觉得，没有水，人生活不下去。”[②]即使沿着这条河离开家乡多年，但“水”与“船”的意象在沈从文经典作品中依然比比皆是。1925 年 12 月，沈从文在小说中这样描述，“毛毛雨一连落了几天，想不到河里就涨起水来

① 程代熙，张惠民译 . 歌德的格言和感想集 [M]. 北京：中国社会科学出版社，1982：117-118.

② 〔瑞士〕荣格 . 回忆 · 梦 · 思考——荣格自传 [M]. 沈阳：辽宁人民出版社，1988：22.

了。小河里，不到三四丈宽，这时黄泥巴水已漫过了石坝。平时可笑极了，上水船下水船一上一下，总得四五个船夫跳下水去，口上哼哼唉唉，打着号子，在水中推推拉拉，才能使船走动。这时的船，却是自己能浮到水面，借到一点儿篙桨撑划力气，就很快的跑驶！”[①]

凤凰沱江上的船

沈从文对沅水河上船的描述非常精细，比如，“从岩门市场码头边过身时，赶场人都知道船上装得是军队。原来每一只船篷上那些在风中摇摇摆摆的诸色三角旗，已早

---

① 沈从文．沈从文全集（第一卷）[M]. 太原：北岳文艺出版社，2002：92.

告给那乡下人了。有一面大红旗，独竖在一只新油上油的双橹五舱船上飘动，他们于是又知道这只船上是一位大军官，或军官家眷”[①]。情绪的欢快在文字中表现得特别明显。沈从文对音乐独特的感悟能力，让他把音乐性带入了他的小说创作，“那些爱玩嬉会快活的年青号兵，觉得这次随同团长下辰州，不久又可以站到辰州城头上去同贵州黔陆军号兵比赛号音了，而且一到军需处发饷时，便能跑中南门去吃辰州特有好味道的夹砂包子，是以都高高兴兴的取出喇叭来，逗在嘴上，哒哒哒哒吹起来”[②]。“表示欢欣的一串散音，从一群年青号兵口吹出后，立时就散播开去。两河岸，原是些高而陡斜的石壁，当回音逼转来时，便满山谷若相互遥答起来。只听到连续的哒哒哒哒，查不出声之出处，也很有趣。”[③]作者对士兵生命活力的赞扬，构成了小说诗化的抒情基调，沅水流域上牧歌的欢唱，或是苍凉的悲音，构成了小说的生命美、风俗美、人性美。

有研究者认为，沈从文在文学作品中对水与火的亲和来自于苗族的某些“集体意识”，还有研究者把沈从文定

---

① 沈从文 . 沈从文全集（第一卷）[M]. 太原：北岳文艺出版社，2002：92.

② 同上。

③ 同上。

位为“中国现代文学史上成就最大、影响最深远的生态作家之一，中国现代生态思想的先驱者”[①]。杨义则认为，“沈从文的小说可以看作北中国古都文化心态和西部中国初民文化遗留的审美凝聚物，看作南方的古楚文化遗风和北方远离政治旋涡的文化城中闲适飘逸心境的人性共鸣曲。”[②]

自然沅水在沈从文眼中，是艺术品，这种美既在于沅水本身，也在于作者的独特观察和发现。朱光潜先生认为，“在觉自然为美时，自然就已告成表现情绪的意象，就已经是艺术品。”清人叶燮也有相类似的说法，“凡物之美者盈天地间皆是也，然必待人之神明才慧面见。”沈从文面对自然沅水，体悟生命和爱的意义，较多地体现在《湘行书简》中。《湘行书简》共有 34 封信件，主体部分是沈从文写给张兆和的信，除一两封外，都是在沅水的小船上写就，这些信件以沈从文刚从北平离开时，张兆和写给他的三封信为“开端”，以沈从文回到北平后给大哥沈云麓的一封信为“结尾”。沅水的美是浑然天成，不假丝毫人工雕饰的。大篇幅书写沅水的美是从一月十三日下午四点

---

① 佘爱春 . 论沈从文的现代生态思想 [J]. 江苏大学学报（社会科学版），2008（7）：21-26.

② 杨义 . 京派与海派比较研究 [M]. 西安：太白文艺出版社，1994：30.

《小船上的信》[①] 开始的。

船在慢慢的上滩，我背船坐在被盖里，用自来水笔来给你写封长信。这样坐下写信并不吃力，你放心。这时已经三点钟，还可以走两个钟头，应停泊在什么地方，照俗谚说："行船莫算，打架莫看。"我不过问。大约可再走廿里，应歇下时，船就泊到小村边去，可保平安无事。

船泊定后我必可上岸去画张画。你不知见到了我常德长提那张画不？那张窄的长的。这里小河两岸全是如此美丽动人，我画得出它的轮廓，但声音、颜色、光，可永远无本领画出了。你实在应当来这小河里看看，你看过一次，所得的也许比我还多，就因为你梦里也不会想到的光景，一到这船上，便无不朗然入目了。这种时节两边岸上还是绿树青山，水则透明如无物，小船用两个人拉着，便在这种清水里向上滑行，水底全是各色各样的石子。

舵手抿起个嘴唇微笑，我问他，"姓什么？""姓刘。""在这河里划了几年船？""我今年五十三，十六岁就划船。"来，三三，请你为我算算这个数目。这人厉害得很，四百里的河道，涨水干涸河道的变迁，他无不明明白白。他知

① 沈从文.沈从文全集（第十一卷）[M].太原：北岳文艺出版社，2002：119.

道这河里有多少滩，多少潭。看那样子，若许我来形容形容，他还可以说知道这河中有多少石头！是的，凡是较大的，知名的石头，他无一不知！水手一共是三个，除了舵手在后面管蓬管纤索的伸缩，前面舱板有两个人。其中一个是小孩子，一个是大人。两个人的职务是船在滩上时，就撑急水篙，左边右边下篙，把钢钻打得水中石头作出好听的声音。到长潭时则荡桨，躬起个腰推扳长桨，把水弄得哗哗的，声音也很幽静温柔。到急水滩时就伏在石滩上，手足并用的爬行上去。

船是只新船，油得黄黄的干净得可以作为教堂的神龛。我卧的地方较低一些，可听得出水在船底流过的细碎声音。前舱用板隔断，故我可以不被风吹。我坐的是后面，凡为船后的天、地、水，我全可以看到。

我就这样一面看水一面想你。我快乐，就想应当同你快乐，我闷，就想要你在我必可以不闷。我同船老板吃饭，我盼望你也在一角吃饭。我至少还得在船上过七个日子，还不把下行的计算在内。你说，这七个日子我怎么办？天气又不是很好，并无太阳，天是灰灰的，一切较远的边岸小山同树木，皆裹在一层轻雾里，我又不能照相，也不宜画画。看看船走动时的情形，我还可以在上面写文章，感谢天，我的文章既然提到的是水上的事，在船上实在太方便了。倘若写文章得选择一个地方，我如今所在的地方是太好了一点的。不过我离得你那么远，文章如何写得下去。我不能写文章，就写信。我这么打算，我一定做到。我每天可以写四张，若写完四张事情还不说完，我再写。这只手既然离开了你，也只有来折磨它了。

我来再说点船上事情吧。船现在正在上滩，有白浪在船旁奔驰，我不怕，船上除了寂寞，别的是无可怕的。我只怕寂寞，但这也可训练一下我自己。我知道对我这人不宜太好，到你身边，我有时真会使你皱眉。我疏忽了你，使我疏忽的原因便只是你待我太好，纵容了我。但你一生气，我即刻就不同了。现在则用一件人事把两人分开，用别离来训练我，我明白你如何在支配我管领我！为了只想同你说话，我便钻进被盖中去，闭着眼睛。你瞧，这小船多好！你听，水声多优雅！你听，船那么轧轧响着，它在说话！它说："两个人尽管说笑，不必担心那掌舵人。他的职务在看水，他忙着。"船真轧轧的响着。可是我如今同谁去说？我不高兴！

梦里来赶我吧，我的船是黄的，船主名字叫作"童松柏"，桃源县人。尽管从梦里赶来，沿了我所画的小堤一直向西走，沿河的船虽千千万万，我的船你自然会认识的。这里地方狗并不咬人，不必在梦里为狗吓醒！

你们为我预备的铺盖，下面太薄了点，上面太硬了点，故我很不暖和，在旅馆已嫌不够，到了船上可更糟了。盖的那床被大而不暖，不知为什么独选着它陪我旅行。我在常德买了一斤腊肝，半斤腊肉，在船上吃饭很合适……莫说吃的吧，因为摇船歌又在我耳边响着了，多美丽的声音！

我们的船在煮饭了，烟味儿不讨人嫌。我们吃的饭是粗米饭，很香很好吃。可惜我们忘了带点豆腐乳，忘了带点北京酱菜。想不到的是路上那么方便，早知道那么方便，我们还可带许多宝贝来上面，当“真宝贝”去送人！

你这时节应当在桌边做事的。

山水美得很，我想你一同来坐在舱里，从窗口望那点紫色的小山。我想让一个木筏使你惊讶，因为那木筏上面还种菜！我想要你来使我的手暖和一些……

沈从文回湘的心情是平和的，写作营生的窘境有所改善，加之成家后的喜悦，使其有了闲云一样散淡的胸怀，俨然“青山也许人酬价，学得云闲是主人”。沈从文以从容自如的心态以及超越世俗的虚静空灵与沅水的自然美景与人事相近相投、相融相化，从而在沅水的小船上领略美、品赏美、享受美。

“美是中国文化史的一个重要组成部分。”[①] 沈从文是

---

① 宗白华 . 宗白华全集（第三卷）[M]. 合肥：安徽教育出版社，1994：624.

怀着自然养就的爱心，全身心地投入大自然，深情地体味大自然，去关注现实、去追寻未来，在自然沅水中发现生命、发现心灵，将读者带入美的极境，享受忘物忘我、魂天归一后的清明阔明、磊落超迈。

凤凰女子拉糖场景。姜糖，是凤凰传统特产，起源于清乾隆年间。用生姜、红糖、水等原料一起放铁锅里熬，当熬成粘状时，把它倒在青石板台面上冷却，等冷到可以拉出丝来时，就把这一姜糖团挂到门旁的铁钩上，迅速地拉出一条条的糖条，摔到青石板上，然后另有人马上用剪刀把它剪成拇指大的三角形，便是姜糖了。

美的极境体现在“吃”，如“提到腊八粥，谁不口上就立时生一种甜甜的腻腻的感觉呢、把小米，饭豆，枣，栗，白糖，花生仁儿，合并拢来糊糊涂涂煮成一锅，让它在锅中叹气似的沸腾着，单看它那叹气样儿，闻闻那种香味，就够咽三口以上的唾沫了。...... 锅中的一切，这在八儿，只能猜想……栗子会已稀烂到认不清楚了吧，赤饭豆会煮得浑身透肿成了患水膨胀病那样子了吧，花生仁儿吃来总已是面东东的了！枣子必大了三四倍——要是真的干红枣也有那么大，那就妙极了！糖若作多了，它会起锅巴……”[①]

凤凰县街头居民在晾晒腊鱼腊肉

美的极境体现在“住”，如“院前老树吐芽，嫩绿而

① 沈从文 . 沈从文全集（第一卷）[M]. 太原：北岳文艺出版社，2002：87-88.

细碎。常有不知名雀鸟，成群结队来树上跳跳闹闹。雀鸟声音颜色都很美丽。小园角芭蕉树叶如一面新展开的旗子，明绿照眼。虽细雨连日，橘树中画眉鸟犹整日歌唱不休。杨柳叶已如人眉毛。全个调子够得上‘清疏’两字，人不到南方，对于这两个字的意义不易明白。家中房子是土黄色，屋瓦是黑色，栏杆新近油漆成朱红色，在廊下望去，美秀少见。耳中只闻许多鸟雀声音，令人感动异常。黄鸟声尤其动人”①。

美的极境体现在“玩”，如“……假使能够同到他们一起去溪里打鱼，左手高高的举着通明的葵藁或旧缆子做的火把，右手拿一面小网，或一把镰刀，或一个大篾鸡笼，腰下悬着一个鱼篓，裤脚扎得高高到大腿上头，在浅浅齐膝令人舒适的清流中，溯着溪来回走着，溅起水点到别个人头脸上时——或是遇到一尾大鲫鱼从手下逃脱时，……带有吃惊，高兴，怨同伴不经心的嚷声，真是多么热闹（多么有趣）的玩意事啊！”②

美的极境体现在“乐”，如“凉气逼人，微飔拂面，

---

① 沈从文．沈从文全集（第十八卷）[M]．太原：北岳文艺出版社，2002：300.

② 沈从文．沈从文全集（第一卷）[M]．太原：北岳文艺出版社，2002：82.

这足证明残暑已退秋已将来到人间了……田塍两旁已割尽了禾苗的稻田里，还留着短短的白色根株。田中打禾后剩下的稻草，堆成大垛大垛，如同一间一间小屋。身前后左右一片繁密而细碎的虫声，如一队音乐师奏着庄严凄清的秋夜之曲。金铃子的'叮——'像小铜钲般清越，尤其使人沉醉。经行处，间或还听到路旁草间小生物的窸窣"①。

美的极境也体现在"奇"，如"譬如五叔喂的那十多只白鸭子，它会一翅从塘坎上飞过溪沟。夜里四叔他们到溪里去照鱼时，却不用什么网，单拿个火把，拿把镰刀。姨婆喂有七八只野鸡，能飞上屋，也能上树，却不飞去"②。

大自然给沈从文灌注了一种永恒的爱，他并不仅仅是因为大自然自身的缘故进入大自然之中，而是在大自然中找到了更深刻的自我。笔者不认为沈从文刚开始创作就已在试图和宇宙、和自然界"对话"，我们也无法理解艺术家当时体验的性质。但不可否认的是，在他与自然的无意识"对话"中，沅水自然的美学意义开始了向人文意义的过渡。

---

① 沈从文 . 沈从文全集（第一卷）[M]. 太原：北岳文艺出版社，2002：81.

② 沈从文 . 沈从文全集（第一卷）[M]. 太原：北岳文艺出版社，2002：71.

沈从文找到了自然中促动生命的力量，赋予了感性的审美性能，人们在和平地、愉快地与社会和自然相处，而他是用一种好奇抑或是掺杂童趣的目光审视着一切。比如初见炼铁的时候，“到了铁炉边，我还有一个愿望，就是有人许可我在炉顶看来比鸡笼一样那个风箱屋子住两天。我相信只要有人准，我当时是极其愿意的。许多同事也都说这屋子有趣。屋是方形，用大木柱如铁路上路轨枕木那么整齐好看的硬木砌成。顶上盖得是铁板子，四围又用铁条子箍着，屋子靠到炉旁，像是炉子的脚趾。屋子中，一个占了屋子一半的大木方形风箱力在屋角。风箱的身正同屋子一样，较小一点的木柱，在发光的铁箍下束得极紧，前面一个大圆木把手，包了铁皮。铁皮为扯风箱的手摩得闪光。六个拉风箱的人，赤了膊子，站在风箱前头，双手扶住风箱的把手，一个司令，‘嘘……’的一声哨子，六个人就齐向前一扑；再‘嘘……’的一声，又是一退，不到半点钟，六个人的汗榨出得已像个样子了，于是就另外来了六个人换班，依然是一嘘一嘘，把风送到炉里去。这哨子你远一点听着，是一只山麻雀在叫，稍近一点，又变成油蛐蛐了。风箱屋子后面，堆了数不清的毛铁，大约还得运到另一个地方去炼一道，运铁的是牛的背与人的背，牛也很多，人也很多”[①]。有人说，作家的职责就是去提醒读者去回忆或者牢记那些容易被遗忘的过往。沈从文带着受众记住了沅水文化，到 20 世纪 30 年代初的时候，比较视野开始引入到他对地域文化的理解之中，他在回复好友王际真的信件中说，“美国应当也有过中国旧年事情，不知你从这些事上感到一点兴味没有。苗乡里过年有‘跳年’，元宵有烧灯。烧灯夜人家把大油松树挖孔，筑硝磺炭与钢砂调和而成的药料，筑数千槌，再用黄泥封口，开小孔，从小孔中引火，即刻烟花上冲数十丈高，发大声如雷，五里外皆可见闻。苗人打野猪皮鼓吹牛角与铜角，呼啸如狂，此种壮观，年轻时的我曾见到过，现在恐怕皆失去了。此时大概尚保留的只是我那地方遇元宵时，小孩十五六岁，皆赤膊不衣，尽花筒直喷，旁人打鼓相和。花筒较大力强，也可以把年轻人冲倒，不过被冲倒后，是照例随即就爬起的，蛮性的习俗是不缺少美的。上海过年恐怕皆如阉鸡，守在家里毫无可作为，比北平也差多了。”[②]

---

① 沈从文 . 沈从文全集（第一卷）[M]. 太原：北岳文艺出版社，2002：109-110.

② 沈从文 . 沈从文全集（第十八卷）[M]. 太原：北岳文艺出版社，2002：45.

沅水流域的老铜匠和他制作的铜制品

顾彬是汉学大家，他在《中国文人的自然观》中结合对德语中“山水”（Landschaft）的理解，阐述了对中国文人自然观的理解。他认为，德语中“山水”（Landschaft）具有美学意义的时间是出现得比较晚的。他说，“它仿佛是一个隐喻新的绘画种类且能给读者以绘画印象的词。在风景描绘中，开始时甚至把由画家描绘出的风景运用于诗歌之中。同时，中世纪的‘天堂’主题一直延续到十八世纪，文学家描绘的多是传说中的而不是自己观察到的自然风光。”① 到了沈从文的时代，他已经不同于顾彬笔下中世纪的文学家，其深刻的生活体验成就了其人其作的文学价值，要了解沈从文，读懂沈从文，就应该如荣格所说，“就像我们欣赏艺术作品并真正领会到艺术家本人的感受时那样。要把握艺术作品的意义，我们就必须让它像感染艺术家本人那样地感染我们。只有那样我们才能理解艺术家的体验的性质。”②

---

① 〔德国〕顾彬 . 中国文人的自然观 [M]. 上海：上海人民出版社，1990：5.

② 〔瑞士〕荣格 . 荣格文集 [M]. 北京：改革出版社，1997：250.

第二节　人文沅水：生存繁衍的文化土壤

沅水流域文化的形成是一个渐进和漫长的过程，是不同类型的文化渗透和交融的结果。其主要原因就是移民。移民进入沅水流域造成文化的传播，不同地域的文化在此过程中发生交流，产生新的文化，推动沅水流域文化向前发展。作为文化的载体，方言和地域文化在形成和发展的过程中是相互影响和相互推进的。

沅水流域文化属于楚文化，《史记·楚世家》记载，“周文王之时，季连之苗裔曰鬻熊。鬻熊子事文王，蚤卒。”按照《史记》的观点，“楚人和三苗同源祖于重黎，同三苗有密切关系”[①]。过往文献多有“楚蛮”的称谓，楚王熊渠也自称过“蛮夷”。

西晋末年，北方话随着北方人民第一次大迁徙而大规模进入湖南。唐朝天宝至德年间，发生安史之乱，北方人民再次大量南迁。《旧唐书·地理志》记载：“自至德后，中原多故，襄邓百姓，两京衣冠，尽投江湘，故荆南井邑，十倍其初，乃置荆南节度使。”

宋朝置荆湖北路，治所在江陵府（今荆州市荆州区），

① 河南省考古学会．楚文化研究论文集 [M]. 郑州：中州书画社（中州古籍出版社），1983：102.

沅水流域、澧水流域以及湖北南部均被纳入到此行政区域以内；南宋时期，由于北方金兵入侵，战乱不止，大批人口南迁，带来北方先进的文化和农业技术，荆湖北路成为重要的粮食产地，这也推进了沅江中上游的开发。这一带本是少数民族五溪蛮（汉代称为武陵蛮）所居地。“宋代政府有意开发这个地区，采取了许多相应措施。神宗熙宁年间派章惇经‘制蛮事’，向沅水上游进兵，‘平定’南北江蛮。此后在沅水中上游地区置辰、沅、靖三州。这样官话的影响就从沅水下游向中上游推进，从而使官话区的地盘逐步扩展到整个沅澧流域。”①

沅陵田间的油菜花

① 周振鹤，游汝杰. 方言与中国文化 [M]，上海：上海人民出版社，1986：101.

在这种文化的交流和碰撞之中，文化的民族性和地域性发生变化，渐渐失去其棱角，但风土民俗等作为文化史的一部分保留了下来。文学是植根于包括地域文化在内的传统文化的土壤之中，进而形成自己的内涵和独特风格的。它既是地域文化精神的展示，同时也丰富和发展了地域文化内容和风貌。周作人认为，风土与住民是有密切关系的，也正因为如此，不同的地域也就会显出不同的文艺风格。他举例说："我们不能主张浙江的文艺应该怎样，但可以说它总应有一种独具的特质。我们说到地方，并不以籍贯为原则，只是说风土的影响，推重那培养个性的土之力。"[①]1994 年，严家炎在《二十世纪中国文学与区域文化丛书》"总序"中说："对于 20 世纪中国文学来说，区域文化产生了有时隐蔽、有时显著然而总体上却非常深刻的影响，不仅影响了作家的性格气质、审美情趣、艺术思维方式和作品的人生内容、艺术风格、表现手法，而且还孕育出了一些特定的文学流派和作家群体。"[②]我们可以认为，沅水流域的"风土"对沈从文的潜在影响是较深的，

① 周作人 . 周作人批评文集 [M]，珠海：珠海出版社，1998：67.

② 转引自朱晓进 ."山药蛋派"与三晋文化 [M]，长沙：湖南教育出版社，1995：3.

这种“风土”对沈从文文学“特质”和“风格”的形成是发挥了重要作用的。正如美国作家赫姆林·加兰所说，“艺术的地方色彩是文学的生命力的源泉，是文学一向独具的特点。地方色彩可以比做一个人无穷地、不断地涌现出来的魅力。”[①] 沈从文文学“特质”和“风格”具有浓郁的地方色彩，无论是在上海，还是在北京，他都不断地探索前行，既恰当地呈现本土传统文化，又积极融入现代文化，重构沈从文式的民族新文化。

凤凰老人和她出售的傩脸谱、笔和草鞋

① 刘宝瑞，等. 美国作家论文学 [M]，北京：三联书店，1984：85.

沈从文对沅水流域的“风土”是一种别样的感触，内心深处的那种刻骨铭心，可能一般苗家人也难得达到那种高度。沈从文自己也承认这点。比如，当时有电影导演想把他的作品改变成电影，1980 年 1 月，沈从文在致徐盈的信件中说，“承昌霖先生[①]厚意，拟把我四十五六年前早已过时旧作[②]，试改成电影打算，好意可感。诚如你说的，如果能事先看看《湘西》中《常德的船》一章，和《凤凰》一章，会得到些新的启发和理解。其实《沅陵的人》一段叙人事，也有意思。另外介绍西水王村景物，也十分素朴逼真，且相当重要。”[③]如何完美地自然呈现沅水流域的“风土”，似乎成为沈从文在自己的作品改编成电影时所担忧的最多的。1980 年 8 月，沈从文在致龙海清的信件中，把这种观点表达得就更为利落。他说，“事实上这个作品若希望拍成电影，取得应有成功，大致只有我亲自来改编，才有希望。……《大公报》名记者徐盈先生最有见地，以为应当多看我一些作品，特别应熟习《湘行散记》和《湘西》，才理会得到小说好处和整个沅水分不开。电影的拍制，

---

① 即徐昌霖，电影导演，时任职于上海电影制片厂。

② 即《边城》。

③ 沈从文 . 沈从文全集（第二十六卷）[M]. 太原：北岳文艺出版社，2002：3.

更必须对我作品有个总印象才合理。应当作一个沅水流域画卷来处理，才会成功。音乐也只需要用杜鹃声和画眉、竹雀声反复重叠相衬，加上风吹竹篁声，船上下滩时的号子声，及一条酉水流域水边的各种不同山鸟歌呼声为主调，贯串全剧，只在对话时停停。背景也应以全个酉水及沅水各码头节日和平时不同情形为主，才会生动活泼，不感单调。"[①] 这种生动活泼是一般的作家写不出来的，同样是写码头纤夫，李提摩太是这样记录的，"（从绍兴到嵊县之间）这条河非常不利于航行。浪头猛烈地冲击着我们，但河水却很浅，船工们不得不在岸上牵引前进。小船经常搁浅，有时他们不得不在齐腰深的水流里行走。四名船工费尽力气，九个小时里我们只前进了十五英里。第二天，行进起来更困难了，船工们只好在水里、泥里跋涉，并且有长长一段路是在石头间绕行。船三番五次搁浅，经常一动也不能动。"[②] 李提摩太的文字是一种实录，而且是西方传教士戴着有色眼镜的实录，与沈从文写作《边城》之类文学作品时的人文世界是无法比拟的。

时至今日，研究者们都有一种共同体验，那就是如果

---

① 沈从文 . 沈从文全集（第二十六卷）[M]. 太原：北岳文艺出版社，2002：136.

② 〔英〕李提摩太 . 亲历晚清四十五年：李提摩太在华回忆录 [M]. 天津：天津人民出版社，2005：257.

抽掉少数民族和汉族五方杂处的湘西特异环境抑或沅水流域文化，沈从文笔下《边城》之类文学经典是无法被讲述的。沅水流域文化饱含着民众生活方式的历史积淀，同时又是当时沈从文的生活现实，沈从文对沅水流域文化深沉的爱是在充分认识人文沅水的本质、形式、功能、价值、既往历史和未来趋向等的基础之上形成的。

制作蓑衣的老人

理解沈从文对沅水流域文化深沉的爱，可以参照下蒋勋和加夫列尔·加西亚·马尔克斯对文学创作的感受。蒋勋谈及自己的写作经历时，曾经说，“写小说时，我常会涉猎一些动物学、人类学、社会学或是生理学的研究，我相信很多作者或是艺术创作者皆会如此。因为所谓文学或哲学、艺术，常被视为一种个人的思考方式，或是一种主观的感受，如果引用动物学、生理学等科学知识，就能使作品更客观，当然，这些知识不会影响创作本身。”[①] 蒋勋是想使作品更客观而去有意识接受外来知识。加夫列尔·加西亚·马尔克斯是想使作品更魔幻而去无意识接受外来知识，他说，“也许这是我外祖母给我讲的故事启发我寻找到的一条途径。对于她来说，神话、传说以及人们的信仰，已经极其自然地组成了她日常生活的一部分。有一次，我想起了外祖母，突然发现我自己并没有创造出什么新奇的玩意儿，只是简单地在那里抓住和重复了一个充满了预兆、民间疗法、先兆症状、迷信的世界，也可以说是一个极富我们自己的特色的、极富拉丁美洲特色的世界。你不妨想想吧，咱们国家有的人只要在牛身边念几句经，就能够从牛耳朵里掏出虫子来。拉丁美洲的日常生活充满了诸如此类的奇特事情。因此，促使我写成《百年孤独》的，仅仅是由于我发现并观察了现实，我们拉丁美洲的现实，而不像历来的理性主义者和教条主义者那样，受到条条框框的限制；他们本想省点力气来观察和了解现实，不料反倒束缚了自己的手脚。”[②] 那么，沈从文在把人文沅水纳入他

① 蒋勋．孤独六讲 [M]. 桂林：广西师范大学出版社，2009：63.

② 〔哥伦比亚〕加夫列尔·加西亚·马尔克斯，普利尼奥·阿普莱约·门多萨．番石榴飘香 [M]. 北京：三联书店，1987：84.

的笔端时，又是一种什么态度呢？这里，我们可以从他于1937年7月写给沈云麓的一封信件中看出端倪。他提到：

此间有朋友办一周刊，专载各地民俗，有稿费三元或二元千字，已特为兄约好，兄可用白话写点：

凤凰

一、关于结婚手续、禁忌种种；

二、关于死亡种种；

三、关于生男育女种种；

四、打禄[①]、扛仙[②]、打波司[③]、还愿[④]、做斋种种；

五、出门、过年、动土、打猎、药鱼种种。[⑤]

---

① “禄”亦可写为其他读音接近的字。苗族的一种还愿法事。其他民族也有请苗族巫师主持打禄的。

② 方言说Gang仙，亦写作降仙。由“仙娘”举行的降神活动，借鬼神之言，回答问仙人，妄断吉凶祸福。

③ 亦作“打波斯”。凤凰城乡流行的为家中病人杀羊赎魂活动，在河边举行，就地挖灶烹制，并请巫师作法。事毕，巫师和帮忙的人留在河边吃羊肉。现代仍然流行，但多自己办，不请巫师。

④ 亦称还傩愿。凤凰城乡普遍的酬神活动。必请道教法师，设坛位，供奉傩公傩娘，杀猪羊敬祭。法师行法三五日，名目繁多，并唱傩堂戏娱神，昼夜锣鼓喧天。

⑤ 沈从文.沈从文全集（第十八卷）[M].太原：北岳文艺出版社，2002：234.

傩戏《三娘与土地》。还傩愿在沅水流域民间长期盛行，孩子三、六、九，立屋上梁、祛灾避难等，都会请一出傩愿戏。还傩愿最显著的特征就是演员均戴假面具出场。清乾隆十年湘西《永顺县志》载："永俗酬神，必迎辰郡师巫唱演傩戏……演傩戏，敲锣击鼓，人各纸面。"

众所周知，沈从文最早期的文学作品是从对沅水流域街巷俚语、民间传说以及山歌民谣的收集开始的。大概在1926年至1927年之间，沈从文的目光开始转向描写沅水流域地方传统及主观感受，这些作品多为回忆往事，文体故事情节弱化，重气氛的渲染。在描写形形色色的风俗人情方面，很容易让人比较屠格涅夫与沈从文，比较对俄罗斯性格的感受与对沅水流域民族性格的感受。但是，《猎人笔记》之类的文学作品更多的是“树立了一个道德含义赋予形式以意味，形式赋予道德含义以外形的典范”[①]。其用意主要在于抨击俄国“独特的制度”。在文章的柔和度方面，很容易让人比较艾略特与沈从文。和沈从文一样，艾略特也喜爱描绘普通人，其作品有一种真实的感觉，有完整的内容和详尽的细节，特别是在文章的柔和度上，有一种神似，“色彩有些过于鲜明，阴影部分的灰色过于柔和，风景的上空阳光过于充足，弥漫着过于宁静、富足的气氛。色彩过于鲜明的原因一半来自当地生活的影响，另一半则归之于作者本人天生的乐观精神”[②]。无论是《亚当·比德》，还是《弗洛斯河上的磨坊》，艾略特笔下的牧师和生意人普遍有去恶从善的良心，作品中普遍充溢着一种诚实、正直和繁荣昌盛的气氛，在沈从文的作品中，从生活在沅水流域的个体生命中，我们也能找到类似的感觉。在文章所表述的地域文化方面，很容易让人比较福克纳与沈从文。和沈从文一样，福克纳笔下有一个约克纳帕塔法世界，虽然沈从文笔下的苗人和福克纳小说中黑人一样有着类似的

---

① 〔美〕亨利·詹姆斯.小说的艺术：亨利·詹姆斯文论选[M].上海：上海世纪出版集团，2001：59.

② 〔美〕亨利·詹姆斯.小说的艺术：亨利·詹姆斯文论选[M].上海：上海世纪出版集团，2001：202.

生活背景，但沈从文的湘西世界“在体现中国西南地区人民的政治情况上比福克纳的作品在体现美国南部的政治情况显得更充分”[①]。

荣格认为，“伟大的诗歌总是从人类生活汲取力量，假如我们认为它来源于个人因素，我们就是完全不懂得它的意义。每当集体无意识变成一种活生生的经验，并且影响到一个时代的自觉意识观念，这一事件就是一种创造性行动，它对于每个生活在那一时代的人，就都具有重大意义。一部艺术作品被生产出来后，也就包含着那种可以说是世代相传的信息。因此，《浮士德》触及每个德国人灵魂深处的某种东西。同样，但丁也因此而获得不朽的声名。”[②]当我们重新审视《边城》等经典时，同样发现，《边城》触及每个中国人灵魂深处的某种东西。这样，我们就不难理解沈从文获得不朽声名的来由了。

---

① 〔美〕金介甫 . 沈从文传 [M]. 北京：国际文化出版公司，2009：10.

② 〔瑞士〕荣格 . 荣格文集 [M]. 北京：改革出版社，1997：243.

凤凰女子织锦。织锦做工精细，比扎染和蜡染制作时间长。

生存繁衍的文化土壤被沈从文注上了人文色彩，1938年4月期间，沈从文写给张兆和的一系列信件，将这份人文色彩演绎得特别纯情。4月3日，他写道，“今天星期，这时节刚吃过饭。我坐在写字桌边，收音机中正播送最好听音乐，一个女子的独唱。声音清而婉。单纯中见出生命洋溢。如一湾溪水，极明莹透澈，涓涓面流，流过草地，绿草上开遍白花。且有杏花李花，压枝欲折。接着是个哑喉咙夏里亚宾式短歌，与廊前远望长河，河水微浊，大小木筏乘流而下，弄筏人举桡激水情境正相合。接着是肖邦的曲子，清怨如不可及，有一丘一壑之美，与当地风景倒有相似处。只是派头不足，比当地风景似乎还不如。尤其是不及现前这种情景。”[①] 这是一段非常精妙的文章，表面是音乐，内容是景致，又好似情景交融，音乐所传达的哲学理论和世界观隐藏在字里行间。福斯特在《小说面面观》中认为，虽然音乐的规则是复杂的，但“在其终极表达中，却也为小说提供了一种美德形态。”[②] 沈从文对于音乐与小说这两种不同艺术形式的联系有自己的见解，“用乐章叙

---

① 沈从文.沈从文全集（第十八卷）[M].太原：北岳文艺出版社，2002：300-301.

② 〔英〕福斯特.小说面面观[M].广州：花城出版社，1984：139.

事，不仅能写人，也能把人放到一定节令、一定景物背景下，加以解释，雄壮和柔和都有色彩和性格，我从中还可得到种种启发，转用到写作上”[①]。沈从文本人自己强调不懂音乐，因此很多研究者就容易忽略有关沈从文与音乐，但有沈从文的友人曾经做过详细的描述，沈从文每每与客人谈话，都要打开留声机，放点外国古典音乐，同时自己操着隆重的湘西口音，“每到一个乐段结束，沈的谈话随之告一段落。他的‘收式’十分特别——总是扬起右手，掌心向上，五指岔开，水平地旋转一下手掌。再‘丰富而神秘’地笑笑。于是，音乐与谈话一并停歇”[②]。沈从文对音乐的感悟能力和表达能力很有自信。他曾经说，“我不懂音乐，倒常常想用音乐表现这种境界。”[③]正是如此，他在与夫人的往来信件中，音乐成为表情达意的选项，比如，“这时节已将近黄昏，尚可听到八哥和画眉叫声。城头上有人吹号角。我有点痛苦，——不，我有的是忧愁，——不，我只是疲倦而已。我应当休息，需要休息。”[④]沈从文在自

① 沈从文．沈从文全集（第二十三卷）[M]. 太原：北岳文艺出版社，2002：160.

② 刘红庆．沈从文家事 [M]. 北京：新星出版社，2012：212.

③ 刘红庆．沈从文家事 [M]. 北京：新星出版社，2012：213.

④ 沈从文．沈从文全集（第十八卷）[M]. 太原：北岳文艺出版社，2002：306.

己的小说中，用音乐来表达他的世界，音乐性被引入他的小说创作，音乐精神和音乐风格被其吸收，从而丰富自己作品的意蕴。比如，沈从文 1932—1933 年写成的短篇小说集《月下小景》就是如此。小说集共收入《月下小景》《扇陀》等九篇小说，外加《题记》共十篇，1933 年 11 月曾由上海现代书局出版单行本。小说中出现大段的景物描写，大自然的虫鸣鸟叫衬托夜晚的宁静，森林和河流被披上情感的面纱，作品中叙事的变化是在营造的意境中产生，叙事的变化和依据情感发展的规律，情感表达的音乐效果相辅相成，体现了音乐的律动。沈从文作品中的音乐来源及其表达不仅包括自然之声，比如自然界的虫鸣鸟叫、水流声等近似天籁之音，还包括湘西的地方歌谣和西方的古典音乐。比如，“黄昏已来，只听到远远的有鸟雀唤侣回巢，声音特别。”[①] 沈从文作品也有音乐时空上的流动变化，这种流动变化包括自然景物的流动美和人物情绪的波动，叙述行文的流畅，比如这段，写的是最底层的女子，“大家都起床了，只待上路。得下山，从一个出窑子的街（尤家巷）过身，说不得过路时还有狗叫，那些无顾客姑娘们，尚以为是别的主顾出门！出了尤家巷到大街，门照例是掩上的。

---

① 沈从文 . 沈从文全集（第十八卷）[M]. 太原：北岳文艺出版社，2002：308.

城门边有个卖豆腐的人，照例已在推磨打豆腐了。出城时即可见到一片江水，流了多久的江水！稍迟一点过渡，还可看到由对河回来的年轻女子，陪了过往客人睡了一晚，客人准备上路，女人准备回家。好几次在渡船上见到这种女子，默默地站在船中，不知想些什么，生活是不是在行为以外还有感想，有梦想。谁待得她最好？谁负了心？谁欺她骗她？过去是什么？未来是什么？唉，人生。每个女子就是一个大海，深广宽泛，无边无岸”[①]。读出来像是牧歌，但读的尽是苍凉。到了20世纪40年代，沈从文从律

制作斗笠的苗族妇女

① 沈从文.沈从文全集（第十八卷）[M].太原：北岳文艺出版社，2002：310.

动的生命到对生命的抽象理解越来越深刻，在他未能完成的小说《虹桥》中，他提出用音乐的旋律和节奏来捕捉雪山的壮美景象。

如果我们在研究沈从文的乡土叙事时，跳出乡土范围，不仅仅是聚焦其叙事的本质与特征，而是从作家身上发掘，我们也许能探索到一个五彩缤纷的人文世界。在这个世界，我们可以看到一条已经被打通且昭示着现代与中国传统相结合的道路；在这个世界，我们可以看到沈从文精神世界的表征化与景观化叙事，成就新的沈从文文化。有研究者指出，如何从文化视角去解释沈从文的文学世界，是今日现实对文学的叩问。只有以审美的心胸、审美的眼力体悟审视沈从文的文学世界，才能得其真趣，得其妙境。

第二章　生情——心灵远游

“独与天地精神往来”是老庄哲学，蒋勋认为这是其走向山水时某一种心灵上的潇洒，而沈从文是从另外一个角度与天地精神往来。沈从文熏染于沅水流域文化，在离去→归来→离去的循环中，对故乡的情感越来越深厚，沅水流域文化的美在这种心灵远游中通过文字毫无障碍地抓住读者的整个心灵。

无论是在北平还是上海，沈从文对于城市环境有一种隔阂，如同理查逊对伦敦的描绘时出现过的“栅栏”的比喻，“在我们中间有一道栅栏”。理查逊于1753年写信给德拉尼夫人时说，“坦普尔的栅栏。住在希尔街，伯克利街和格罗夫纳广场附近的女士们不喜欢越过这一道栅栏。她们谈起它时，就像谈到某天的旅行一样。”另一方面，理查逊很少深入到他自己生活的环境中里去。他“不能忍受人群”，为了这一个原因，他连教堂也不去。[1]这道栅栏是对

①　〔美〕伊恩·P. 瓦特 . 小说的兴起——笛福、理查逊、菲尔丁研究 [M]. 北京：三联书店，1992：205.

于城市环境深刻的怀疑甚至恐惧，怀疑甚至恐惧正是使得沈从文没有面对城市生活并对自己熟悉的沅水流域文化产生偏爱的原因，从而使得他在无拘无束中开始写作。这种写作状态似乎能够构成一种写作的双重图景，一方面是渐行渐远的旖旎的沅水风情，一方面是沈从文不断吐故纳新所形成的最前沿的现代意识。这和福克纳笔法有着很大的相似，1941 年，福克纳发表著名短篇小说《熊》，这篇小说对美国文坛产生了深远的影响，被誉为“解读福克纳全部小说乃至美国南方文学的钥匙”。其笔下的双重图景，也是如此，“一方面是日渐远去的让人既怀恋又质疑的战前（南北战争）南方理想，另一方面却是同样富有魅力的具有全新幻景的现代意识。这是两种彼此冲突对峙的观念视野，福克纳的全部作品，都生成于两种视野的夹缝中。”①

当我们感叹这种惊人相似时，就会想起叔本华所说，“真正伟大的、天才的、超凡脱俗的巨著，只能这样被创造出来，即他的作者必须要漠视其同代人的方法、思想和观点，镇定自若地我行我素，将他们的批评置于脑后，甚至对他们的颂扬也不屑一顾。没有这样一种傲慢或自负，一个人

① 吴晓东 . 从卡夫卡到昆德拉：20 世纪的小说和小说家 [M]. 北京：三联书店，2003.148.

是不可能成为天才的。”[①]

第一节　从生存写作到写作经典的变迁

弗洛伊德之类的心理学家认为，艺术创作的奥秘来源于满足艺术家个人得不到满足的愿望，创作出来的作品是愿望的表现形式。弗洛伊德在探究艺术创作时，认为艺术家得不到满足的愿望主要来自童年时期的经验，而这种经验是隐秘动机和欲望。荣格认为，艺术家是努力发掘自己的内心，是在最初的发源地、人类灵魂的故乡——集体无意识那里寻找到写作灵感的。“艺术家是具有两重性的人，他的外表与他的灵魂不相干，他的自觉意识与他的无意识原型不相干，他的个人生活与他的作品不相干。艺术家……是客观的和非个人的，甚至是非人的和超人的，因为作为艺术家，他只能是他的作品而不是一个人。”[②]对于沈从文这样的作家来说，这两种说法都有可取之处，也都有失偏颇。

---

① 〔德〕叔本华 . 叔本华论说文集 [M]. 北京：商务印书馆，1999：404.

② 〔瑞士〕荣格 . 心理学与文学 [M]. 北京：三联书店，1987：23.

知名作家史铁生认为写作是宿命，身体的局限使得他成为写作上的传奇。结合自身经历，他是这么看待写作的，“至于写作是什么，我先以为那是一种职业，又以为它是一种光荣，再以为是一种信仰，现在则更相信写作是一种命运。……你必于写作之先就看见了一团浑沌，你必于写作之中迫寻那一团浑沌，你必于写作之后发现你离那一团浑沌还是非常遥远。那一团激动着你去写作的浑沌，就是你的灵魂所在，有可能那就是世界全部消息错综无序的编织。你试图看清它、表达它——这时是大脑在工作，而在此前，那一片浑沌早已存在，灵魂在你的智力之先早已存在，诗魂在你的诗句之前早已成定局。”①

叔本华认为，作者有两种类型，“一类是为特定的论题而写作的人，另一类是为写作而写作的人。前者有一些值得传播的思想或经验，而后者则只想得到钱，所以他们仅为金钱而写作，他们的想法已成为写作这一行当的组成部分。……所以，他们的作品缺乏明晰性和确定性，并且，很快就会暴露出他们只为金钱而写作的目的。有时，最优秀的作者也会发生这种情况，例如，莱辛的《论剧作艺术》中就时而有这种情况，甚至在让-保罗的许多传奇故事中也

① 朱竟.世纪印象：百名学者论中国文化[M].北京：华龄出版社，2003：55.

是如此。”[1]叔本华的观点是否正确，值得商榷，但怀抱理想来到北平的沈从文，的确经历了一段为了生存而进行写作的过程，这种明显的过程一直持续到他在上海期间的写作。这种过程，诺贝尔文学奖获得者加夫列尔·加西亚·马尔克斯也经历过。他告诉哥伦比亚作家兼记者普利尼奥·阿普莱约·门多萨，“我在开始写作的时候，刚刚探索到写作的奥秘，心情欣喜愉快，几乎没有想到自己要负有什么责任。我记得，那时候，每天凌晨两三点钟，我干完报社的工作，还能写上四页，五页，甚至十页书。有时候一口气就写完一个短篇小说。”[2]“确实使我心神不安。在我们这样一个没想到会涌现一批有成就的作家的大陆上，对于一个没有文学才华的人来说，更是如此，因为他的书像香肠一样地出售。我非常讨厌自己变成众目睽睽的对象，讨厌电视、大会、报告会、座谈会……”[3]“我当时就住在那里，在妓女出没的旅馆里歇脚。一个房间一晚上要一个半比索。当时我给《先驱报》写稿，一个专栏给我三个比索，

---

① 〔德〕叔本华 . 叔本华论说文集 [M]. 北京：商务印书馆，1999：309.

② 〔哥伦比亚〕加夫列尔·加西亚·马尔克斯，普利尼奥·阿普莱约·门多萨 . 番石榴飘香 [M]. 北京：三联书店，1987：30.

③ 〔哥伦比亚〕加夫列尔·加西亚·马尔克斯，普利尼奥·阿普莱约·门多萨 . 番石榴飘香 [M]. 北京：三联书店，1987：31.

一篇社论往往给我三个多比索。我要是拿不出一个半比索付房钱，我就把《枯枝败叶》的原稿给旅馆看门人作抵押，他知道那是我的重要文稿。许多年之后，我的《百年孤独》也写完了。我在来向我祝贺、索取手稿的人群里认出了那个看门人，他还什么都记得呢。”[①] 相类似的迥境，沈从文在京沪都经历过。特别是在 1930 年前后，沈从文的生存境遇特别恶劣。比如 1929 年 11 月 7 日，他在给王际真的信件中说，“目下的明天，是又到了无伙食情形的。幸好这是学校，有赊得账的馆子在，不必担心。”[②] 到 1930 年初，仍然是这个状态，“前三天若真无会计处说一句话，两兄妹到这时恐怕真还无法吃饭！”[③]“这里仍然很冷，过几天，我的狐皮袍子或可以从当铺取出了，我那衣服照例是冬天有一半日子在当铺的。”[④] 在这般境地下，在信件中，我们读到了沈从文的创作情形，“昨夜因为抖气，就写了

---

① 〔哥伦比亚〕加夫列尔·加西亚·马尔克斯，普利尼奥·阿普莱约·门多萨 . 番石榴飘香 [M]. 北京：三联书店，1987：80.

② 沈从文 . 沈从文全集（第十八卷）[M]. 太原：北岳文艺出版社，2002：26.

③ 沈从文 . 沈从文全集（第十八卷）[M]. 太原：北岳文艺出版社，2002：34.

④ 沈从文 . 沈从文全集（第十八卷）[M]. 太原：北岳文艺出版社，2002：41.

一万七千字小说，这小说是今年第一篇，预计有一个礼拜写好，当有六万字左右。我今年当在大量生产下把我自己从困难中救出，不然明年恐怕转乡下也做不到”[①]。在饥寒交迫的情况下，沈从文给老校长胡适写信求助，“（所有的钱还账、用、缴学费，又花光了），若是学校不让我先支到一个月薪水，我是无办法把白己处理一下的。这事我又得来麻烦先生，希望能够因为先生一个信给学校，得到即刻解决。”[②]直到沈从文离开上海，到武汉大学任教，他的生活才开始有新的起色。

对于沈从文为了生存而进行写作的作品，我们也要进行具体分析，比如，沈从文早期写了一些简短性的戏剧作品，究竟受什么原因影响而进行这般创作，已不可考，不过，沈从文与丁西林是挚友是事实。叔本华说，“戏剧是对人的存在具有最完美影响的文学形式。”[③]“第一步，也是最通常的一步，即展示出戏剧的生动有趣、引人入胜。剧中人对其目标锲而不舍的追求（这目标往往与我们的目

---

① 沈从文．沈从文全集（第十八卷）[M]. 太原：北岳文艺出版社，2002：42.

② 沈从文．沈从文全集（第十八卷）[M]. 太原：北岳文艺出版社，2002：53.

③ 〔德〕叔本华．叔本华论说文集 [M]，北京：商务印书馆，1999：356.

标十分相似）以及剧作者用设置错综复杂的纠葛与冲突的手法使剧情跌宕起伏；再加上出色的角色表演与意外的枝节横生，这些对我们都颇有吸引力，而机智与嘲讽则更为全剧增色不少。”[①] 叔本华认为，戏剧文学，有三个表现主题的步骤，前者就是上述，第二步，戏剧变得极富感染力，剧情转入悲惨的场面，沈从文是忽略了的，他并没有在他的早期剧作中塑造具有英雄气概的男英雄。叔本华认为，戏剧文学第三步要使全剧达到高潮，是要“当帷幕落下，全剧的结局向我们揭示了人类全部努力的空虚不实与徒劳无益”。而沈从文留下的多是诙谐，是回味无穷的沅水地方方言的雅韵。

不同的文化对孤独感的阐释不同，蒋勋曾经说，“包括我自己在内，许多朋友刚到巴黎时会觉得很不习惯。巴黎的地铁是面对面的四个座位，常常可以看到对面的情侣热烈地亲吻，甚至可以看到牵连的唾液，却要假装看不见，因为‘关你什么事？’这是他们的私领域，你看是你的不对，不是他们的不对。我每次看到这一幕，就会想起沈从文的小说。这是不同的文化对孤独感的诠释。”[②] 他还说，“我

---

① 〔德〕叔本华 . 叔本华论说文集 [M].，北京：商务印书馆，1999：356.

② 蒋勋 . 孤独六讲 [M]. 桂林：广西师范大学出版社，2009：26.

认为思维孤独，是六种孤独里面最大的孤独。作为一个不思考的社会里的一个思考者，他的心灵是最寂寞、最孤独的。因为他必须要先能够忍受，他所发出来的语言，可能是别人听不懂的、无法接受的，甚至是别人立刻要去指责的。作为一个孤独者，他能不能坚持着自己的思维性？这是很大的考验。"[①]

从生存写作到写作经典之间的过渡，应该产生过一种极不协调的二重性，这种二重性在沈从文自己身上表现出来，构成他的作品的双重特征。一方面，充满了对人生的隐忧和对生命的哲学思考；另一方面，却带着一个注重个体的内在经验、陷于存在困扰的现代作家的敏锐的直觉式的感受、透悟以及想象的热情。其实，这种写作抑或是生存状态有点类似本雅明（1892—1940，德国批评家，文化史家及文艺理论家）。作为发达资本主义时代的抒情诗人，本雅明作为一个思考者和写作者，也无法逃脱时代所造成的矛盾和困扰。有研究者这样认为，"他的思想无不带有鲜明的经验的色彩，充满了体验的震荡，并且在一种逃避与回击的姿态中与时代不可分割地联系在一起。他是从痛苦中收获的思考者，而他的思考所呈现的，正是这种痛苦的现象学。领会这个艰巨的内在转换过程是在他那有时显

① 蒋勋 . 孤独六讲 [M]. 桂林：广西师范大学出版社，2009：214.

得非常自我陶醉的唯智论的实证主义思维、那些有如外科医生的手术刀般犀利无情的分析以及乐此不疲的广征博引之外领会他的思想的寓言性质的关键。”[①] 应该说，这段评价，可以或多或少地呈现从生存写作到写作经典之间过渡的沈从文。

解读沈从文的经典作品，不是因为它在描写沅水流域文化方面具有权威，而是它的内容近一个世纪以来一直吸引着我们。“天才的作品就其本来意义而言，只是一件神圣的祭品和他的生命的真实果实，他的目标就是要把它贮藏起来以留给后人，唯有更具辨别力的后人才能使他的作品成为人类的财富。这样一种目标将远远超越于其他目标之上，为了这一目标，他忍受苦痛戴上布满荆棘的草环，这草环终有一天将会开满鲜花，变成一顶光彩夺目的桂冠。他的全部精力都将凝聚一点，即努力完成并捍卫自己的作品。”[②]

---

① 〔德〕本雅明 . 发达资本主义时代的抒情诗人：论波德莱尔 [M]. 北京：三联书店出版，1989：2.

② 〔德〕叔本华 . 叔本华论说文集 [M]. 北京：商务印书馆，1999：411.

第二节　“乡下”思维与“城市”思想的对决

沈从文第一次从北平前门广场走下火车时的心情，我们不得而知，他住进了酉酉会馆，一头扎进京师图书馆进行自学，后来又搬到了银匣胡同公寓，在很长一段时间内，一直在潦倒痛苦中写作。这种异地他乡的孤独，有些名家也体验过。出生于德国柏林的本雅明，1933 年，被纳粹驱逐出境移居法国，1940 年又移居至西班牙边境小镇。他曾经写过《莫斯科日记·柏林纪事》，从中他提到，他的写作也频繁回到记忆中去，“我想到一天下午在巴黎，我突然得到一种启示，于是对自己的生活有了诸多见解。正是在这天下午，我的履历同周围的人，朋友、同志、激情和爱情的关系才以最生动最隐蔽的形式交相展现在我眼前。我对自己说也只有巴黎，那里的墙壁和码头、驻足之所、艺术收藏和垃圾、栏杆和广场、拱廊和货亭能传授一种独特的语言，在笼罩着我们的孤独中，在我们对万物的沉浸中使我们同周围人的关系达到一种睡眠状态的深度”[①]。于沈从文来说，也许也只有他耳熟能详的湘西才能传授这样一种独特的语言。蒋勋在《孤独六讲》中谈到过沈从文的

① 〔德〕本雅明．莫斯科日记·柏林纪事 [M]. 北京：东方出版社，2001：225.

一篇小说，说的是一对男女在路上走，稍微靠近了点，村人认为其伤风败俗，继而抓去见县太爷，临动刑时，发现是一对侗族夫妻。这篇小说对蒋勋的印象很深，他想表述的是不同的文化对孤独感的诠释不同。在沈从文的湘西世界里，紧迫的问题是城乡差异，他以地域特征消解民族文化特征，这在他后期的创作中尤为明显。

“乡下”思维与“城市”思想是一对矛盾体，具有诗学意义的“乡下人”身份是沈从文身份建构的结果，也是沈从文寻找能在城市中安身立命的精神之源的结果。“乡下人”身份为沈从文的精神趋向、审美取向抑或生命特征提供历史来源，也为沈从文的价值坚守、重塑思想提供可行路径。

在研究“乡下”思维与“城市”思想这对矛盾体时，《从文自传》是我们能够找到的最好的研究材料。1934 年 7 月，《从文自传》由上海第一出版社初版，1941 年，沈从文对《从文自传》进行了校改，并于 1943 年 12 月由开明书店出版了本书的改订本。原目包括 18 篇文章，即《我所生长的地方》《我的家庭》《我读一本小书同时又读一本大书》《辛亥革命的一课》《我上许多课仍然不放下那一本大书》《预备兵的技术班》《一个老战兵》《辰州》《清乡所见》《怀化镇》《姓文的秘书》《女难》《常德》《船上》《保靖》《一个大王》《学历史的地方》《一个转机》。

《从文自传·附记》中记载了该书的由来，“一个朋友准备在上海办个新书店，开玩笑要我来为‘打头阵’，约定在一个月内必须完成。”[①] 约稿也许只是促成《从文自传》写作的偶然因素，因为这之前，沈从文一直谋划为自己写一部自传。正当青年的沈从文为什么要写《从文自传》？沈从文回忆，“这个《自传》，写在一九三二年秋间，算来时间快有半个世纪了。当时我正在青岛大学教散文习作……每天都有机会到附近山上或距离不及一里的大海边去，看看远近云影波光的变化，接受一种对我生命具有重要启发性的教育。”[②] 以上是写作时间和写作地点，那为什么要写成这么一种形式呢？沈从文认为，“当时主观设想，觉得既然是自传，正不妨解除习惯上的一切束缚，试改换一种方法，干脆明朗，就个人记忆到的写下去，既可温习一下个人生命发展过程，也可以让读者明白我是在怎样环境下活过来的一个人。特别在生活陷于完全绝望中，还能充满勇气和信心始终坚持工作，他的动力来源何在……这本《自传》确实也说明了一点事实。由此可以明白，一

① 沈从文：沈从文全集（第十三卷）[M]. 太原：北岳文艺出版社，2002：366-367.

② 沈从文：沈从文全集（第十三卷）[M]. 太原：北岳文艺出版社，2002：366.

个材质平凡的乡下青年，在社会剧烈大动荡下，如何在一个小小天地中度过了二十年噩梦般恐怖黑暗生活。”①

“身份是自传者写作的起点，也是其文本的归属。”②1929 年应该是沈从文心理身份或者现实身份的分水岭。从 1924 年沈从文开始写作，到 1928 年开始为期两年的在（吴淞）中国公学授课，身份卑微、地位低下而带来的身份焦虑，一方面让沈从文自卑、失落、委屈，另一方也强化其自我意识和身份诉求。有研究者认为，“一般来说，居于主流地位的、强势的团体及其个体在文学认同问题、文化身份确认问题上是不存在困惑的。……只有居于弱势地位的团体及其个体才会不时对自己的文化身份进行求证。”

沈从文自己说过，“在一般城里知识分子面前，我常常自以为是个‘乡下人’，习惯性情都属于内地乡村型，不易改变。”③“乡下人”究竟指什么？许多研究者都认真探讨过，认为这种“乡下人”的身份指认和民族意识是密切相关的。有研究者认为，“在‘乡下人’里，存在着两

---

① 沈从文：沈从文全集（第十三卷）[M]. 太原：北岳文艺出版社，2002：367-368.

② 杨正润 . 现代传记学 [M]. 南京：南京大学出版社，2009：319.

③ 沈从文：沈从文文集（第五卷）[M]. 长沙：湖南人民出版社，2014：196.

种截然相反的因素。一个基于流淌在自己身上的‘民族’的血液，它的理想形象是由唱着‘真实热情的歌’的苗族所象征的，并且形象化为作品。另一个是因‘城市生活’而带给‘我’的，它侵蚀‘民族健康的血液’。二者并非从一开始就并存在沈从文的内面世界里的。从对‘都市生活’的‘一种错误的轻蔑’所带来的压抑的抗拒或反作用出发，作为‘乡下人”式的感情的自我觉醒的结果，‘使我灵魂安宁’的对象的理想形象，苗族出现了。但是，在都市过着现代生活的‘乡下人’已经无法回归古老的民族之地。”①

沅水渔民晾晒的小鱼

① 《丛刊》编辑部 .《中国现代文学研究丛刊》30 年精编：作家作品研究卷（上）[M]. 上海：复旦大学出版社，2009：28.

在沈从文的世界中，出现过“乡下”思维与“城市”思想的对决，这种思维对决的原因之一，是因为沈从文少年时居住在乡土中国，对其特别的熟悉。费孝通认为，“从基层上看去，中国社会是乡土性的。我说中国社会的基层是乡土性的，那是因为我考虑到从这基层上曾长出一层比较上和乡土基层不完全相同的社会，而且在近百年来更在东西方接触边缘上发生了一种很特殊的社会。”①沈从文的根在沅水流域，紧依湘西社会，和中国现代文学其他名家不同的是，沈从文身上有“土气”，而且这种“土气”自成特色。“沈从文在阅读那本用自然与现世人生写成的大书时，尽管在当时还无法完全摆脱对事物的直观感念，但也聚集着他后来思索人生，表现人生的特殊角度和永远是“乡巴佬”的审美原型。”②也正是这种特有个性，也或多或少地促成了他对待人生的特有逻辑，他说：“我憎我自己时是非常爱我自己的，我憎我自己的糊涂错误行为，就比一切人不欢喜我的总分量还多。”

理解沈从文“乡下”思维与“城市”思想的对决，理解沈从文身上的“土气”，应该要跳出文学的视阈，可以尝试用社会学、人类学观点去理解。“中国乡土社会的基层结构是一种我所谓的‘差序格局’，是一个‘一根根私

---

① 费孝通．乡土中国 [M]. 北京：三联书店，1985：1.

② 王继志．沈从文论 [M]. 南京：江苏教育出版社，1992：13.

人联系所构成的网络’。这种格局和现代西洋的‘团体格局’是不同的。在团体格局里个人间的联系靠着一个共同的架子。……社会结构格局的差别引起了不同的道德观念。”[①]在沅水流域社会关系网络中，“传统是社会所累积的经验。行为规范的目的是在配合人们的行为以完成社会的任务，社会的任务是在满足社会中各分子的生活需要。人们要满足需要必须相互合作，并且采取有效技术，向环境获取资源。”[②]这是费孝通所认可的传统、社会与行为规范。他同时认为，为了方便，会把乡土社会看成一个静止的社会。这种静止从理论上讲，是一种相对静止。“事实上完全静止的社会是不存在的，乡土社会不过比现代社会变得慢而已。说变得慢，主要的意思自是指变动的速率，但是不同的速率也引起了变动方式上的殊异。”[③]沈从文身上的“土气”，既保留了下来，也发生过变化，说其保留下来，因为按照费孝通的观点，“只有直接有赖于泥土的生活才会像植物一般的在一个地方生下根，这些生了根在一个小地方的人，才能在悠长的时间中，从容地去摸熟每个人的生活，像母亲对于她的儿女一般。陌生人对于婴孩的话是无法懂

① 费孝通 . 乡土中国 [M]. 北京：三联书店，1985：29.

② 费孝通 . 乡土中国 [M]. 北京：三联书店，1985：50.

③ 费孝通 . 乡土中国 [M]. 北京：三联书店，1985：78.

的，但是在做母亲的人听来都清清楚楚，还能听出没有用字音表达的意思来”①。这种“土气”保留，诞生了一批特别接湘西地气的作品。也是从 1929 年底开始，沈从文的乡土文学创作走向了更加深远的意境，这一阶段沈从文的乡土文学创作已经不仅是为艺术而创作。在学习掌握有关心理学理论之后，沈从文的小说中的叙事情节益加凸显，他的作品中开始出现“对城市和儒家社会进行弗洛伊德式批评的地方文学”②。1985 年，著名马克思主义理论家、后现代文化理论代表人物弗雷德里克·杰姆逊教授访问北大，打开了中国学人了解世界前沿学术的窗口，后现代文化理论开始引进中国。有人说，后现代主义的本质可以用三句话来形容：世界是破碎的；历史是中断的；语言是游戏的。有研究者由此认为，“后现代主义小说的主要特征是对传统小说的破坏、消解和颠覆，建立一种新的小说范式。……沈从文的小说就充分体现了这种特点，即充满了个性、神秘性、超验性，沈从文不主张工业化，坚守着‘乡下人’意识，不追随启蒙主义的理性。”③

---

① 费孝通 . 乡土中国 [M]. 北京：三联书店，1985：6.

② 刘洪涛，杨瑞仁 . 沈从文研究资料 [M]. 天津: 天津人民出版社，2006：549.

③ 任娜 . 后现代语境下的沈从文研究 [J]. 周口师范学院学报，2010：4.

第二篇
沅水流域文化的书写者

沅水流域底层人物构成了沈从文心中湘西人文世界的缩影，透过他们的百般情状，我们能清晰地共鸣于沈从文对于乡土中国的热爱和悲悯。沈从文不是诗人，但他用诗意升华苦难，以微笑表现痛苦。在这种书写中呈现生命的庄严；在冷静、淡然的京派标志式的叙述中，我们能够读懂他以超越现实的审美姿态来书写现实，使得他的湘西小说呈现出别样的艺术魅力。按照叙事学的观点，小说区别于其他文类最重要的一点，就是在于小说在内容和题材上对生活的全部多样性的表现，于沈从文来说，他的小说最出彩之处，也是在于对于沅水流域文化多样性的表现。

常德河街旁的方家巷八十三号，每天早上缥缈的袅袅炊烟，成了老街一道优美的风景。

作为沅水流域文化的书写者，他旨在探寻生命的理想形式。正如凌宇所说，“从经济关系着眼，写出下层人民的生活苦难，不是沈从文的目的。沈从文真正关注的，是这种背景下湘西下层人民的生命形式……在他们性格内涵里，又具有某些共通的东西，这就是属于湘西下层人民的那种渗透着原始蒙昧的勤劳、善良与纯朴。”[①]

第三章　苗言——沅水之魂

荣格说，“孕育在艺术家心中的作品是一种自然力，它以自然本身固有的狂暴力量和机敏狡猾去实现它的目的，而完全不考虑那作为它的载体的艺术家的个人命运。创作冲动从艺术家得到滋养，就像一棵树从它赖以汲取养料的土壤中得到滋养一样。……我们最好把创作过程看成是一种扎根在人心中的有生命的东西。”[②] 与其他文学形式比较起来，

---

① 吴向东，文选德．当代湖南文艺评论家选集・凌宇卷 [M]. 湖南文艺出版社，1999：174.

② 〔瑞士〕荣格．荣格文集 [M]. 北京：改革出版社，1997：219.

语言的功能在小说中起着更加重要的参考作用，从塞万提斯的《唐·吉诃德》到普希金的诗歌中的方言，再到威廉·福克纳的乡土语言，从巴尔扎克到哈代与陀思妥耶夫斯基的作品采用粗俗的语言，而不是以优美的文字写作，均说明了语言的功能是复杂的。与这些擅长处理文字的名家一样，沈从文也是有胸怀的大作家，我们按照巴赫金《语言创作美学》的观点来分析，会发现沈从文笔下已经印染上沅水流域文化精髓的言语，没有停留于最直接的理解，而是开拓出了一条愈来愈远，没有止境的道路。汪曾祺所云的沈从文体，所表达的美不是一般的形式，而是“有意味的形式”，它是积淀了沅水流域社会内容的自然呈现形式。

沈从文的写作，经历了坎坷，但笔者觉得他一直生活在一种文字的自信之中。1931 年，他在致徐志摩的信中说，“预备两个月写一个短篇，预备一年中写六个，照顾你的山友、通伯先生、浩文诗人[①]几个熟人所鼓励的方向，写苗公苗婆恋爱、流泪、唱歌、杀人的故事。不久就有一个在上海杂志上出现，比《神巫之爱》好多了。”[②]到 1937 年的时候，他在致张兆和的信中说，“你来后，我一定可像写《边

① 指作家、出版家邵询美，邵浩文是其笔名之一.

② 沈从文.沈从文全集（第十八卷）[M].太原：北岳文艺出版社，2002：150.

城》那么按日工作下去。（孩子在身边只有增加我工作的能力，毫无妨碍！）心定一点，人好一点，所作的东西一定也深刻得多，动人得多。我用的是辰河地方作故事背景，写橘园，以及附属于橘园生活的村民，如何活；如何活不下去，如何变；如何变成另外一种人。预备写六万字。”[①]当然，在拥有自信的同时，他在友人面前也诚恳地表达他的谦逊，1929年，他在致王际真[②]的信中说，“关于写的方面，你应当率直的指点我的不对处，因为我非常明白我的短处是所采用的体裁极窄，而我又无法知道许多好的方式。我愿意有人告我所宜走的一条路，怎样做便使我精力不至于白费，我没有不乐从的。”[③]

第一节　口头与书面的博弈

在沈从文小说创作中，对苗族语言的使用，揭开了

---

① 沈从文．沈从文全集（第十八卷）[M]．太原：北岳文艺出版社，2002：313.

② 经徐志摩介绍相熟的文学朋友，翻译家，当时刚赴美国。

③ 沈从文．沈从文全集（第十八卷）[M]．太原：北岳文艺出版社，2002：19.

沅水流域文化的神秘面纱。语言学教授萨皮尔（Edward Sapir）说："语言的背后是有东西的。并且，语言不能离文化而存在。所谓文化就是社会遗传下来的习惯和信仰的总和，由它可以决定我们的生活组织。"①

在楚文化中，方言占据着重要地位，"汉代扬雄《方言》屡次将'南楚江湘'相提并论，'南楚江湘'的地域大致相当于今湖南全省。古代湖南应该是使用同一种方言——湘语。但是到了现代湖南境内的方言却有好几种，这是历代以来受邻省方言侵蚀的结果，其中又以江西方言的影响最大。"② 但是，如果往西去，到了湖南中部腹地，赣语的特征就已经相对减弱，再往西，沅水流域赣语的影响虽然还有，但是已很微弱。在先秦文献中，部分地方语言的歧异引人注目，"对语言歧异有明确记载的地域是：楚、齐东、南蛮、戎"③。

汉语对苗语的影响是很大的，苗语也向汉语吸收借词。随着汉语借词的进入，苗语增加了一些韵母，有的地区还

---

① 罗常培 . 语言与文化 [M]. 北京：北京出版社，2004：1.

② 周振鹤，游汝杰 . 方言与中国文化 [M] 上海人民出版社，1986：23.

③ 周振鹤，游汝杰 . 方言与中国文化 [M] 上海人民出版社，1986：80.

增加了个别的声母。“由于苗汉两族人民长期杂居交往，苗族在解放前就有相当多的人兼通汉语。解放后兼通汉语的人数日益增多，不同方言区的苗族相互交际也使用汉语。”①

湘西凤凰穿盛装的苗族女子

“文字创造的过程，是把对外间世界的体认，通过民族共同的心理基础转换成表意符号的过程。中国人由事物形状意义转借的实践证得的思维方式，于此表现得非常切实。”②这个过程，沈从文体会得比较深刻，比如，他说，

① 王辅世．苗语简志 [M]. 北京：民族出版社，1985：2.

② 杨义．中国叙事学 [M]. 北京：人民出版社，1997：29.

“我写的《戴水獭皮帽子的人》，这个人是个真人，在常德开一个旅馆，我是他的小朋友。这个人不得了，他收了大量的字画。这是一个很有趣味的朋友，什么野话都会说，而且双关语说得头头是道，都是双关的。野话也是双关的。这些地方，大概我小小的就感兴趣，记得不知道有多少，有的我还不敢用，不好用这些。我觉得，要是懂得这个东西呢，有好多看起来写得很粗野的事情，也许使人感到真实的，诚实，没感到猥琐。”①

20 世纪 20 年代，以鲁迅为代表的中国“乡土”小说一度在文坛引起轰动，鲁迅式的写作手法成为当时青年作家争相模仿的风尚，沈从文也是其中之一。1925—1926 年，沈从文创作了《盲人》《野店》《赌徒》《卖糖复卖蔗》《霄神》《羊羔》《鸭子》《蟋蟀》《三兽窣堵波》等多篇沅水流域文化特色较浓的话剧。在沈从文早期的文学创作，特别是戏剧文学作品中，既有沅水流域的方言口语，也有许多双关的野话，让人感到真实，诚实，没感到猥琐。

比如，《鸭子》是 1926 年 11 月由北新书局初版，无须社丛书之一。在这里面有一目剧，叫《盲人》，最早发表于 1926 年 4 月 14 日、17 日、19 日《晨报副刊》第

① 王亚蓉 . 沈从文晚年口述 [M]. 西安：陕西师范大学出版社，2003：76-77.

1378—1380 号，作者署名懋琳（沈从文笔名之一）。沈从文对戏剧是这么说明的，

一个瞎了眼的父亲，盼望女儿得一个情人。女儿顺了爹爹的意思，在爹面前撒了许多诳。到后爹爹强着女儿，要找她情人到家中来一次。女儿无法，把校中一位戏剧教员请来演了一角。可怜的盲爹爹什么也不知，极其高兴。（语言对白多的是口语。）

说是怕不好意思，那有什么不好意思？爹爹又不是那一类头脑顽固的人，见了要发气。自己女儿高高兴兴地把她情人邀到家里来，难道做爹爹的就必得放下脸嘴，做出不好看的脸相去充长辈的尊严么？……[①]（在这里，“头脑顽固”“发气”“放下脸嘴”以及“做出不好看的脸相”均是沅水流域湘西北方言，言为心声，这几句方言把爹爹的心情刻画得淋漓尽致！）

去看看外面客厅那个大钟是不是对。……好，你去吧。小姐回来时告我。[②]（在这里，前面一句在“对”字后省了

---

① 沈从文 . 沈从文全集（第一卷）[M]. 太原：北岳文艺出版社，2002：4.

② 沈从文 . 沈从文全集（第一卷）[M]. 太原：北岳文艺出版社，2002：5.

“的”，后面一句在“告”字后少了“诉”。）

并不过四点，我答应爹爹四点以前！……好，爹爹你坐到，我要他来。……这孩子才有趣喃，把别人放到客厅去，又不是客……你又扯逛我！欺到爹爹是瞎子，你必定都不曾同他说过，怕别人见这瞎子爹爹，是不是？①

作者准确拿捏了主人公在特定情绪状态的动作表现，人物自身内心精神矛盾产生的带湘西北方言韵味的对话中蕴藏人性，这是沈从文创作极为精彩的地方。

比如《赌徒》，这是一篇很特别的文章，给不熟悉沅水文化的读者带来别样的体味。沈从文小时候就喜欢和小伙伴斗蛐蛐、赌骰子，欢喜的是其中的游戏乐趣，欢喜的是看那骰子富于变化便觉有趣，充满民间趣味的碎的生活残片，被写成优美的篇章。因为多为口头语言，沈从文自己还说，“这也许太专门了，非另做一篇骰经作注不可。因其字字须注，反而不下注解！乡土性分量多的东西，纵注也很难使外乡人体会。”比如：

来！来！三哥，

---

① 沈从文．沈从文全集（第一卷）[M]. 太原：北岳文艺出版社，2002：6-7.

尽我这点注，就皮经[①]打你吧。

下叫叫你也好，尽你隔，断。[②]

《卖糖复卖蔗》作为剧本发表于1925年10月29日《晨报副刊》第1298号，作者署名沈从文。文章的口语色彩也非常浓厚。比如：

谈到价钱时说，“那里那里，去年子三百七八的比这捆头大得远，码子也长。”[③]

谈到味道时说，“这是腰节，包甜包脆；不甜不脆不要钱。老弟就拿这一节吧，选也是这几节甘蔗。唔，唔，这节脑壳好！脑壳极脆，六十岁的土地公都嚼得动。

“吃了水气淡撇撇的不退钱——

“噢，噢，是我说错了，吃了水气淡撇撇的退钱！”[④]

谈到生意难做时说，“——大哥，大哥，你看生意难

---

① 皮经指玩牌中的一种术语。捉弄对方，不让其得所需之牌，自己以小胜破坏对方的大赢的一种技巧。

② 沈从文.沈从文全集（第一卷）[M].太原：北岳文艺出版社，2002：23.

③ 沈从文.沈从文全集（第一卷）[M].太原：北岳文艺出版社，2002：26.

④ 同③.

做不难做？一遇到这些嚼精[①]鬼，又不麻烦死人！把你甘蔗选了半天，灰都挨去了，买又不买。大家都想选有尾巴的长，腰节的大，脑壳的甜：如了大家意，我只好卖婆娘——

“可惜我又莫有婆娘。”[②]

在戏剧作品中，口舌之战和智谋之战，成为沈从文笔下口语社会里生活的核心内容。《霄神》发表于 1926 年 7 月 28 一 29 日《世界日报副刊》第 1 卷第 28—29 号，作者署名懋琳。戏弄、嘲讽、取笑、叫阵、漫骂等等恶语伤人的词语在此表现得很明显。

“可恨狗娘养的杨五不是人，别人赊账大胆赊，惟我朱二瞧不上眼，有那一天运气来时；“用门板去挡也挡不住”那种运气来时，狗肏的杨五呀，你看就是。”

“第二次碰到那赵家小伢子，又笑着嚷着喊我是癫子，说是‘大家看癫子吧’，好不呕人！”

“我把你这小鬼——你作弄得我好苦呀！让我捶死你。”[③]

在沈从文的早期戏剧作品中，运用了很多富有沅水流

---

① 嚼精，口语，指过分好辩，难缠。

② 沈从文．沈从文全集（第一卷）[M]. 太原：北岳文艺出版社，2002：27.

③ 沈从文．沈从文全集（第一卷）[M]. 太原：北岳文艺出版社，2002：29-33.

域文化特色的口语方言后，语言的表现力增加。在这个过程中，文字把一些口语方言转化成了“书面语方言”。

《羊羔》，作为戏剧发表于 1926 年 8 月 14 日《现代评论》第 4 卷第 88 期，作者署名懋琳。在这篇文字作品里，出现了固化的套语，出现了帮助听话人理解和记忆的重复，出现了传承下来的民间俗语。如：

“把总：……闲来无事，坐到家中会生出黄瘟病来，不免向长街走走吧。遇到苗子老庚，扁担上肥鸡肥鸭，亦不妨选便宜随便带一点归家。……今天是腊月十三了，这里那里，卖红纸喜钱的宝庆老好多呵。喜钱门神，好丑是贴到大门上完事，在三十夜来买，所谓‘三十夜卖门神，脱货求财’是也，岂不便宜点么？嘎，好不热闹！白菜成挑，萝卜成筐。”①

“面客：一出大门，就‘三个钱开当铺，搅手脚不匀’②，岂不可喜！到三点钟大约就可以挑空担子转家，那是无疑的事，好不快活！从菜场过身，到南门外去，好运气大概还在前面。这里人多，且把梆梆来敲打一阵，递别人一个

① 沈从文．沈从文全集（第一卷）[M]. 太原：北岳文艺出版社，2002：35.

② 三个钱用之开当铺，喻本钱少，周转不开，手忙脚乱。凤凰人编此歇后语，喻忙不过来的情状。“匀”即“赢”。

知会吧。邦邦邦邦，邦邦邦邦，梆梆是敲得有个样儿了，大家有耳朵的总都可以听到了！再来提起嗓子喊两声看。喂，刘喜喜的面呵！有鸭子三鲜汤，鸡肉饺子，湘潭酱油，坨田红辣子的面呵！”①

“把总：（独白）‘舍不得家鸡，打不得野鹅。’钱是我来出，那可无疑了。再来这么一着，是妙！（高声）不客气吧，别人家早已把钱送了，还待你来开发么？我们都是几个相知常做一堆的，太分彼此，反而生分！把你钱收回去吧—喜喜你把你担子挑起去了吧。”②

对于普通读者来说，由于地域文化的影响，对这些独白不可能立即获得心理演化或现象学的洞见。在世界文学史上，这种情况也是屡见不鲜，比如加夫列尔·加西亚·马尔克斯的长篇小说《家长的没落》，从语言这个角度来说，其“小说的题材，用语、歌曲以及谚语最接近加勒比地区。书中有些句子只有巴兰基利亚的汽车司机才能看懂”③。为什么会这样，因为“思想先于语言存在，然后又通过其‘媒介’

① 沈从文 . 沈从文全集（第一卷）[M]. 太原：北岳文艺出版社，2002：39.

② 沈从文 . 沈从文全集（第一卷）[M]. 太原：北岳文艺出版社，2002：40.

③ 〔哥伦比亚〕加·加西亚·马尔克斯，普利尼奥·阿·门多萨 . 番石榴飘香 [M]. 北京：三联书店，1987：87.

得以表达。这样一来，一种构成性的人类活动就被抽象化、客体化了。词语被看成客体对象，被看成物，人们把它们拿来编排成特定的形式，以表达和交流信息，而这种信息在其尚未通过‘媒介’表达、交流之前，就已经被人们拥有了”[①]。沈从文早期作品中的部分语言，也是如此。

沈从文笔下的口语令人神往，充满智慧，反映了沅水流域的人们对特定现象的认识，具有无穷的魅力。沈从文笔下的口语一般是把概念放进情景的、操作性的框架里，这些框架具有一定的抽象性，就是说它们非常贴近鲜活的人生世界。为什么会出现这样的情况，因为“口语民族认为语词具有魔力，这种情况十分普遍，而且很可能是一切口语民族的共同现象。……对书面文化里的人而言，语词往往更近似于客体，在‘外界’的一个平面上。这些‘客体’不会直接和魔力联系起来”。沈从文书写最终产生的是严格意义上的文章，而写文章的目的是让读者直接从文字的表层吸收信息。对于读者来说，习惯于书面的东西，虽然口语产生了富有表现力和魅力的语言效果，具有很高的艺术价值和人性价值，但在沈从文写作思维成型之后，在文学技巧娴熟之后，他使用的频率就开始渐少，因为继续使用，

① 〔英〕雷蒙德·威廉斯．马克思主义与文学 [M]. 郑州：河南大学出版社，2008：166.

很难再充分地发挥口语潜力。

书写是别样的艺术，“和说话相比，书写是缓慢的；和口头表演的人相比，书写的人是孤零零的。这种缓慢而孤独的书写过程强化了文字的反身性，文字的反身性本身又促成了从无意识里生长出来的意识。……如前所见，文字本质上是提高自我意识的活动。组织严密、具有典型情节的故事既是自我意识提高的结果，又反过来促成自我意识的提高。侦探故事里完美的金字塔情节问世之后，情节被认为是集中在主人公即侦探的脑子里。”应该说，沈从文的早期创作应该一直生活在对文字的控制与反控制的博弈中，他一直在寻找一种平衡，寻找书写文字与口语文化的平衡，渴求自己的文字落脚在读者能够接受，又不能够偏离他的本意。当我们意识到沈从文经典作品中口语文化和书面文化的关系，当我们用现代的眼光了解其作品中口语文化和书面文化的反差和关系，就会促使我们走进沈从文的人文世界，促使我们反思沈从文青年时代通过口语文化所反映出来的湘西人民境遇的方方面面。

语言是一种传达工具，其在进行传达的过程中，既能精确传达语义，也有可能造成传达的障碍。了解到语言的双重性后，许多文学家特别擅长在文学作品里通过语言的传达来制造语言的暧昧。“清晰的思想很容易找到恰当的语言来表达。一个人若能思考任何事情，他也就能够以清晰明快、通俗易懂的语言来表达它。那些杜撰晦涩难懂、模糊歧义的复杂句子的作者们根本没有真正懂得，更谈不上正确理解他自己究竟想要表达什么；他们所有的只是少得可怜的一点肤浅的认识，他们仍然处于努力形成自己思想的初级阶段。"[①]在文字的掌握上，因为经历过从不擅长到擅长的过程，所以沈从文特别注重学习。他自己也说过，"我将学一点苗文，将来写文章一定还有趣味，因为好像只要把苗乡生活平铺直叙的写，秩序上不坏，就比写其他文章有味多了的。"[②]

在作家进行写作的过程中，从逻辑和语言的观点来看，现实的言语活动是极其复杂的。"头脑中首先要有一个想表达的观念，其次要有一套语言材料和语言规则，语言材料包括词汇和句子。语言规则包括语音规则、句法规则和语义规则。这些材料和规则实际上是观念的代码系统……言语活动不仅涉及语言材料和语言传递的物理过程，而且也涉及说话者运用语言的心理过程及言语活动的目的和效

① 〔德〕叔本华．叔本华论说文集[M]．北京：商务印书馆，1999：327.

② 沈从文．沈从文全集（第十八卷）[M]．太原：北岳文艺出版社，2002：36.

果。”[①]

口头与书面的博弈，按照我们的理解，最后的结果是从口头语言向书面语言转变。“对植根于原生口语文化的人而言，这样的意识令人痛苦：一方面，他们渴望文字素养；另一方面，他们又很清楚，如果进入令人激动的书面文化世界，他们就会失去过去口语世界里许多既令人激动又令人依恋的东西。无可奈何，先死而后生，这是我们必须接受的生存之道。”[②]这个过程，沈从文经历过，在自己的信件里，他反复说不喜欢看自己的作品，其意蕴是非常深厚的，是有多方面的原因的，对于上面的痛苦，他是不是经历过从拒绝到接受这么一个过程，没有相关文献可以参考。叔本华认为写作无人能够理解的东西容易，而用人人都必然能够理解的方式表达深奥的思想是件困难的事。我们知道，一段时间，沈从文讨厌自己的文学作品，他在自己的信件中告诉王际真，“我的文章你不要看好了，因为每一本书差不多皆为一种‘吃呀喝呀’的机会写成，我到讲堂上也宣传同学莫买我的书看。不看我的书，会对我好点，这是

---

① 陈波．奎因哲学研究：从逻辑和语言的观点看 [M]. 北京：三联书店，1998：84-85.

② 〔美〕沃尔特·翁．口语文化与书面文化：语词的技术化 [M]. 北京：北京大学出版社，2008：9.

我心里猜想的话。我不欢喜熟人看我的文章，也是想掩丑的意思，可怜极了”[①]。一段时间，沈从文又醉心于自己的写作方式，他对沅水人文的嗜爱使他更倾向于以一种别样的方式从口语等细小易逝的具体事物中捕获思想的战利品。无论他是栖居在北京、上海，还是武汉，抑或是青岛，像其他有此类似生活经历的其他文学大家一样，“唯独笔才能满足他的两种最为深刻的心理需要，两种不然会互相排斥的需要：从社会中退出和感情的宣泄”[②]。同时，异乡境遇触动了他作为文人的带着强烈的自我意识色彩的话语形成。生活的变动为他提供了自我意识，而自我意识使得他的心沉浸在一片忘机的天真中，获得对宇宙、人生的哲理领悟，这种领悟将作者本人与大自然的关系推向极致，是人与大自然关系最高最完美的体现。这也成为他生命的最高意义。

口头与书面的博弈，很难掌握其“度”，只有掌握好“度”，写作就会流畅，“假如作者在写作时试图完全口语化，那么，他就追随了一个错误的目标。除非与铭文碑记的风格有某

---

① 沈从文 . 沈从文全集（第十八卷）[M]. 太原：北岳文艺出版社，2002：34.

② 〔美〕伊恩·P. 瓦特 . 小说的兴起—笛福、理查逊、菲尔丁研究 [M]. 北京：三联书店，1992：214.

种亲缘关系，否则就无所谓写作风格，因为铭文碑记的确是一切风格的最初根源。对于一位作者，无论使自己的作品口语化，还是使自己的演说书面语化，都同样应受到责备。因为，这样做不仅使他的演说迂腐空洞，而且也使他的作品难以理解。”[①]

“口语文化必然产生富有表现力和魅力的语言成果，而且这样的成果具有很高的艺术价值和人性价值。但等到文字控制人的思维之后，这样的产出就不可能再进行下去了。尽管如此，如果没有文字，人的意识就不能够更加充分地发挥潜力，就不可能产出其他美丽而富有表现力的成果。”[②]沈从文笔下书写文字与口语文化的平衡，也体现在名作《长河》中，在这里，传媒符码发生了一个逆转，原有的“口头语言→书面语言”的顺序变换为了“口头语言→书面语言→口头语言”。比如小说写到商会会长：“会长原是个老《申报》读者，二十年来天下大事，都是从老《申报》上知道的。”由小道消息和口头传闻所构成的乡土舆论场，创造了《申报》信息传达的具体语境。“老水手正

---

① 〔德〕叔本华．叔本华论说文集 [M]. 北京：商务印书馆，1999：326

② 〔美〕沃尔特·翁．口语文化与书面文化：语词的技术化 [M]. 北京：北京大学出版社，2008：9.

是这一口头传闻舆论空间中的真正主角甚至是明星。他可谓是传统传媒方式——乡土传闻的化身，其本人就是一个微型的消息与新闻的集散地。”[①] 在这里，沈从文借助老水手的口头语言对在交流中富有深意的循环形式进行了剖析。这么娴熟的运用，得益于沈从文自身对现实写作素材的掌握。他说，“我太熟悉底层的那种人，特别是我们凤凰的，原来有这个绿营制度，养下许多吃闲饭的。但是对于生活的丰富，多了，经验多极了。这种人，是讲爷，老讲爷，这种人了不得。得到他的好处太多了”[②]。沈从文对自己的文字写作有着很清醒的认识，他认为，“写得好的恐怕不在字数多少。你要达到效果，明白它的效果，你明白文字的效果，又明白它的内容什么样子能够产生效果来。”[③] 也许这也是对书写文字与口语文化如何平衡的最佳诠释。

《沈从文晚年口述》是研究沈从文不可多得的专著，在这本口述史里面，沈从文对自己成熟的文字表达形成时间有一个清晰的论述。他说，“大概工作比较像样，我的文字比较通顺了，而且知道写小说应当怎么写，效果搞得

---

① 陈平原，〔日〕山口守．大众传媒与现代文学 [M]. 北京：新世界出版社，2002：421.

② 王亚蓉．沈从文晚年口述 [M]. 西安：陕西师范大学出版社，2003：77.

③ 同上。

大概比较成熟了，还是一直到三十年代结束的时候。快到三十年代初期，特别是三六年我从武汉大学转到上海，上海又转到青岛大学。那十五年呢整个我的文字就算是通了一点，在我看来比较通了一点，比较干净一点。”[①] 按照这样的说法，在沈从文的写作中，口头与书面的博弈，其时间还存在了很长一段时间。我们有时候可以从一些小段落中管中窥豹，看到沈从文文字经历时间洗刷后所呈现的“干净”，比如 1947 年 10 月，他致张香还的信，是这样写的：

香还先生：

尊文[②] 载出，略增饰过。因文字如绘画，小册页作查二瞻、奚冈法，笔可简到某程度；如陆包山、沈周。即须稍致密。宋人则尺幅千里，或从小景中见大格局。小品文以格胜，一举笔似亦必于左史、论孟、庄韩、说苑、水经……有会于心，方能于小小篇章中，使人事凸浮于纸上。对宋元人画意有较多兴趣，必更易成功。不知尊意以为如何？[③]

---

① 王亚蓉 . 沈从文晚年口述 [M]. 西安：陕西师范大学出版社，2003：93.

② “尊文”指当天天津《益世报 · 文学周刊》所发表张香还的小品文《风景》。

③ 沈从文 . 沈从文全集（第十八卷）[M]. 太原：北岳文艺出版社，2002：477

读这段文字，一样可以读到“轻俊灵巧、真情流露”，读出古人所云“夫趣得之自然者深，得之学问者浅”的境界，到这个时间段，沈从文的文字已经走出窠臼，已经如行云流水般挥洒自如了。

第二节　叙事与表达的探索

李欧梵认为，鲁迅是中国文学史上有意识地发展小说叙述者复杂艺术的第一人。“鲁迅为代表的中国现代叙事文学，已经开始了中国神采与现代世界人类精神相融合的历史进程。”[①]具有中国特色的叙事学体系与这个历史进程紧密相联。鲁迅把他的主人公的感情和行为鲜明地浮现出来，对那些消极的、不可信赖的叙述者的运用，标志着鲁迅已经独特地离开了中国传统小说的常规。“鲁迅小说中虽然用第一人称叙述者，却并不直接表示自己的意见，这在‘五四’一代作家中是无与伦比的。”[②]在鲁迅的文学叙事与表达里，有的研究者找到毕亚兹莱或者珂勒惠支的影

① 〔美〕李欧梵. 铁屋中的呐喊——鲁迅研究 [M]. 长沙：岳麓书社，1999：69.

② 同上。

子，有的研究者认为波德莱尔对其也有影响。我们可以看到，在鲁迅小说中，其结构有的有反讽的重口味，其文体有的是意象极特殊的寓言式文体，其语言有的是白话文故意夹杂了文言和宗教的词汇。在以鲁迅为代表的中国现代叙事文学，已经建立具有中国特色的、又充分现代化的叙事学体系。

鲁迅作品叙事与表达呈现某些与西方文艺契合不是个案，而是中国现代文学发展到一个阶段的普遍现象。沈从文承继了鲁迅作品叙事与表达的部分模式并进行了开创。按照金介甫的理解，沈从文常常依据西方小说中的人物形象创造人物，“大都是 19 世纪俄国与法国小说家、剧作家，其中在中国出名的有契诃夫、屠格涅夫、托尔斯泰、果戈里、高尔基、莫泊桑、都德、法郎士、福楼拜、纪德、易卜生、王尔德和安徒生”[①]。沈从文自己从来没有开出这么长的清单，他受到的影响不是局限于一家樊篱之内，且也擅长于从中国传统文化艺术中去吸收知识，这增加了其个人生命的深度，也增加了其作品的深度。比如，沈从文作品中幻想和梦境的描写受《红楼梦》梦境和心理现实主义的影响，

① 〔美〕金介甫．沈从文传 [M]. 北京：国际文化出版公司，2009：111.

他的“描写技巧是中国古代诗歌传统的延续”[①]。

1981 年，沈从文先生和夫人由两名助手陪同，去广州校对《中国古代服饰研究》，返回北京时路过长沙。湖南省省博物馆、湖南省文联及《湘江文艺》编辑部各设“杏坛”，聆听教诲。沈从文提到，“其实恐怕我是受契诃夫、屠格涅夫的影响，我总觉得写什么东西，写人或写什么东西，把这个地方风景或者插进去写。人是在这里活动呢，容易出影响出效果。所以这并不是我的长处，我只是从那方面得到点启发。我就尽我所知道的写，所以我的作品范围很窄。”[②] 在叙事与表达上如何借鉴，如何探索，如何写得生动活泼，如何形成自己的特色，沈从文用三五千字的短篇小说创作进行了说明。他说，“文字还是一个要紧的。其实能够驱遣文字，还是不能放松的。但是一个事情呢，是它不容易产生雷同的问题。写一个雷同问题，不一定产生雷同的印象，还是要文字。文字在写法上要适当加上不同地区的背景呢，效果就出来了，所以我不一定是对这一方面内行。但是我这写法，是当时学习写作的过程中，始

---

① 〔美〕金介甫．沈从文笔下的中国社会与文化 [M]. 上海：华东师范大学出版社，1994：62.

② 王亚蓉．沈从文晚年口述 [M]. 西安：陕西师范大学出版社，2003：68.

终是从契诃夫，从屠格涅夫的《猎人日记》上得到启发。”[①] 沈从文对契诃夫和屠格涅夫的接受不是简单地移植或模仿，而是立足于自己的艺术个性、文化视野和审美需求，从这两位名家的作品中汲取养分后加以创造性地运用。有研究者认为，“重复”与“对白”的叙事方式、淡化故事情节的抒情性叙事结构、冷静幽默的叙事风格是契诃夫叙事的主要特色；有研究者认为，契诃夫短篇小说叙事艺术是通过表演性的人物对话、速写式人物叙事以及框套式故事架构等方面呈现出来……沈从文与“小时候没有童年生活”的契诃夫有着类似的经历，怀着相似的思想感情，天然产生的情感接近，使得契诃夫作品中的叙事视角、叙事结构还是叙事时间和叙事空间很容易而且深深影响了沈从文的文学创作；还有研究者认为，采用诗性散文的笔调来写小说是沈从文从屠格涅夫那里得来的重要启发。如亨利·詹姆斯就认为，屠格涅夫“没有巴尔扎克那种想做人间喜剧的伟大表现者的宏愿，但他怀着一种意欲理解万物的极强的智力上的冲动”[②]。对于沅水流域文化，沈从文又何尝没

① 王亚蓉 . 沈从文晚年口述 [M]. 西安：陕西师范大学出版社，2003：68-69.

② 〔美〕亨利·詹姆斯 . 小说的艺术 // 亨利·詹姆斯文论选 [M]. 上海：上海世纪出版集团，2001：54.

有这么一种意欲理解的冲动呢？和沈从文在写作视角的转换上进行比较，屠格涅夫与之有着很强的相似度。屠格涅夫“特别喜欢转换视角，但他的目标是始终同一的—那就是去发现在道德上饶有趣味的一件事、一个人、一种情境，它们是他的一大长处，而他在表面上过于注重细节，也正与之构成内在的和谐。他相信艺术中‘题材’的内在价值”[①]。在特殊的时代背景下，由于中西文化的熏染，沈从文的湘西叙事故事性特别强，湘西地理志叙事及民族文化叙事既强调小说叙事性，又坚持客观原则，通过转换不同视角来解构“五四”启蒙话语，这既是现代文学中最具人类学意义与价值的写实，又是文学化的乡土存在，是历史价值与审美价值的兼备体。刘洪涛等研究者认为，“这也是反思‘五四’文学的具体成果，为中国小说的进一步现代化开辟了道路。”[②]

米兰·昆德拉认为，“小说以自己的方式、自己的逻辑，一个接一个发现了存在的不同方面：与塞万提斯的同代人一起，它询问什么是冒险；与萨穆埃尔·理查德森的同代人一起，它开始研究‘内心所发生的事情’；与巴尔

① 〔美〕亨利·詹姆斯．小说的艺术 // 亨利·詹姆斯文论选 [M]. 上海：上海世纪出版集团，2001：55.

② 刘洪涛．沈从文与现代小说的文体变革 [J]. 文学评论 .1995（2）

扎克一起，它揭开了人在历史中的生根；与福楼拜一起，它勘察了到那时为止一直被人忽略的日常生活的土地；与托尔斯泰一起，它关注着非理性对人的决定与行为的干预。它探索时间。与马塞尔·普鲁斯特一起，探索无法捉住的过去的时刻；与詹姆斯·乔尹斯一起，探索无法捉住的现在的时刻。它和托马斯·曼一起询同来自时间之底的遥控着我们步伐的神话的作用。”[①]我们说，与这些名家一样，沈从文小说叙事与表达经历了探索的历程，其精神也是一种持续性的精神——每一部闪烁着沅水人文世界光辉的作品都是对前面的作品的回答，每一部作品都包含着小说以往的全部经验。

纳博科夫在《文学讲稿》中阐述：“假如我们把描写奈克特家孩子们的一段文字当作狄更斯用伦敦腔在表达感伤之情，那就误解了狄更斯的伟大艺术。这是真正的感情，强烈的、细腻的、具体的同情，它催人泪下，是深浅浓淡各种色调的混合，在话语中传出浑厚浓重的怜悯之音，那些精选的最易触发视觉、听觉、触觉的词语，饱含着艺术家的匠心。”[②]艺术家的匠心是小说写作技巧中最核心的问

---

① 〔法国〕米兰·昆德拉．小说的艺术 [M]. 北京：三联书店，1995：3.

② 〔美〕纳博科夫．文学讲稿 [M]. 北京：三联书店，1991：130.

题，也只有这种匠心，“小说家既能以旁观者的身份从外部来刻划人物，也可以摆出无所不知者的架势从内部去描绘他们；既可以把自己置身于小说之中而对其余人物的动机不加理会，也可以采取别的折衷态度处理”[①]。沈从文的小说也是如此，他让读者深入到人物的内心世界，让读者听到自己笔下人物的内心独白，让读者接触到主人公和其他人物的冥思默想，甚至进入他们的潜意识领域。

研究沈从文对叙事与表达的探索，有一篇小说较具有值得研究的代表性，这就是沈从文所创作的儿童文学《阿丽思中国游记》。在《阿丽思中国游记》中，沅水流域文化被明显移植于其中，作为背景配合主人公的心理发展和故事进程。在金介甫与沈从文的访谈中，沈从文是不认可自己的这部作品的，他认为，写作《阿丽思中国游记》“那个时候是不成熟的，笔下都不稳。作品对我个人说，值得研究的还是一九二九年以后，比较成熟，文字比较稳定，比较有计划地写”[②]。但是，我们可以借助《阿丽丝漫游奇境记》（作者是英国刘易斯·卡罗尔，赵元任译，上海商

---

① 〔英国〕爱德华·摩根·福斯特．小说面面观 [M]. 广州：花城出版社，1984：69.

② 王亚蓉．沈从文晚年口述 [M]. 西安：陕西师范大学出版社，2003：165.

务印书馆 1922 年 1 月出版）、《阿丽思中国游记》及《阿丽丝小姐》（2008 年河北少年儿童出版社出版的图书，作者是陈伯吹）的比较来详细了解沈从文谦虚所云的不成熟，也对之后他对叙事与表达的探索有更清晰的认识。“要正确认识创作意图在意义整体中的位置，必须深入创作过程，阐明作家的“意图世界”与作品的“艺术世界”之间的复杂关系。”①

1990 年，湖北少年儿童出版社出版了《比较儿童文学初探》（汤锐著）。汤锐在书中认为，“中国儿童文学有明确的功利性质，以传达本民族的文化传统（载道）和塑造理想社会人格（树人）为坚定目标，以政治伦理型为主要特征，这是由于我们民族自神话时代起定向发展的伦理学文学传统的制约，同时二十世纪三十年代以来，中国社会的政治动荡又进一步强化了这一特征。”沈从文等三人以主人公阿丽丝为基础创作的这三部作品，无论是从叙述视角，语言还是想象力方面都可见三部作品的差异，而且在差异中展示出了人文幻想小说中的中国作家的浓厚的现实情结。

沈从文和陈伯吹从接受学的角度对同一儿童文学故事作不同的叙述和描写，形成了创作加工的非凡意义和艺术

---

① 陈文忠．文学美学与接受史研究 [M]. 合肥：安徽人民出版社，2007.：12.

加工的不俗成就。

1862 年 7 月的一天，英国作家卡罗尔带着几个孩子，在泰晤士河上划着一只小船游玩。在孩子们的请求下，他讲了一个梦游奇境的故事给孩子们听。后来经过其中一个名叫阿丽丝的小女孩的请求，他将故事写成文字，送给了她。这篇文字就是《阿丽丝漫游奇境记》。小说着力于儿童本位、想象力和游戏精神以及“美”的倡扬。周作人对《阿丽丝漫游奇境记》是做过高度评价的，他说：“近来看到一本很好的书，便是赵元任先生所译的《阿丽丝漫游奇境记》。这是‘一部给小孩子看的书’，但正如金圣叹所说又是一部‘绝世妙文’，就是大人——曾经做过小孩子的大人，也不可不看，看了必定使他得到一种快乐的。”[①]“五四”前后，《新青年》等刊物大量登载域外儿童文学作品。随着儿童文学作品的出现，安徒生等儿童文学大家被国人发现，国人的儿童文学视野瞬间豁然开朗，让中国的孩子接受爱和美的感染与熏陶成为一种特定的创作心理。对儿童文学作家来说，作家心灵必须贴近儿童的心灵，也可以在贴近儿童这一特定审美主体的基础上作适当超越和引导儿童。儿童文学与成人文学审美特性的一个根本区别就在于作品中是否体现出“儿童化”的审美意向。

---

① 周作人 . 周作人书话 [M]. 北京：北京出版社，1996：5.

沅水边的老街与孩子

其实，沈从文还发表过一篇贴近儿童的心灵的作品，作品名叫《我读一本小书同时读一本大书》。这本书充满新奇和趣味，写的是小时沈从文遇到的有趣的人和事，在亲近大自然的过程中感受生命的本真和快乐，用自己的眼睛看世界的具体情形，童年记忆的儿童视角，突出的是真切感受。沈从文就是在从过往的经验中解释现在的自己，解释自己的形成和确立。

同样是儿童视角，沈从文在对《阿丽丝漫游奇境记》的接受方面发生偏移。但不论这种偏移是有意还是无意，沈从文在审美视角上采用了一种传统的成人单向式的“俯视”来把握叙事。正如他自己所说：“我是很随便地把这题目捉来，因为我想写一点类乎《阿丽丝漫游奇境记》的东西，给我的妹看，让她看了好到妈的面前去学学，使老人家开开心。是这样的无目的的写下来，所写的是我引为半梦幻似的有趣味的事，只要足以给这良善的老人家在她烦恼中暂时把忧愁忘掉，我的工作便是一种得意的工作了。谁知写到第四章，回头来看看，我已把这一只兔子变成一种中国式的人物了，同时我把阿丽思写错了，对于前一种书，一点不相关联，竟似乎是有意要借这一部名著来标榜我文章，而结果又离得如此很远很远。”①

相较于沈从文的“很随便”，儿童文学作家陈伯吹的态度却是严肃的。陈伯吹主张儿童文学“必须反映时代，指导儿童注意政治，注意社会”。他为孩子们写的作品，也多半是反映并暴露黑暗的旧社会的情景的。《阿丽丝小姐》带有 20 世纪 30 年代中国抗战的时代烙印，有着讽刺的力度和批判的强度，也有着很强的艺术生命力，是现代中国儿童文学的经典作品。1931 年，陈伯吹读了由赵元任翻译的《阿丽丝漫游奇境记》。当他在《译者序》中读到赵元任的“以后也说不定还会有《阿丽丝漫游北京记》这句话时，

① 沈从文 . 沈从文全集（第三卷）[M]. 太原：北岳文艺出版社，2002：3

心情特别激动，由此萌发了创作热情（《阿丽丝漫游记》，最早于 1931 年 8 月 1 日出版的《小学生》半月刊第 11 期上开始连载，到第 22 期起，题目改为《阿丽丝》。1932 年 8 月由北新书局出版单行本时用《阿丽丝小姐》书名）。当《阿丽丝漫游记》在刊物上连载到第 4 节“瞎造谣言”时，不料，9 月 19 日，突然传来日本军队 9 月 18 日夜占领沈阳城的消息。陈伯吹吃惊、愤怒。本来，他在《小学生》杂志上连载的《阿丽丝漫游记》是要塑造一个天真活泼，聪明能干的中国小姑娘的形象——中国的阿丽丝，进而通过对阿丽丝的活动揭露当时社会上一些不合理的腐败的现象。现在，他按捺不住悲愤的心情，在这个长篇童话写到第 7 章以后，又加上了《神圣战争》《圆桌会议》和《睡不着了》三章。这就把聪明、能干的小姑娘阿丽丝的性格发展了，从而进一步将其塑造成为和一个敢于同大蟒皇帝所指挥的军队进行战斗而取得胜利的小英雄。这就对“不抵抗主义”以及国联李顿调查团的伪善行为进行了无情的鞭挞。

沈从文和陈伯吹在童话这种精神的“物质构造”中，作为核的“幻想”的相异体现了中西文化的不同。陈伯吹在《论“童话”》中说，如果把童话看作是一种精神的“物质构造”，那么，童话也可能有一个“核”。这个核就是“幻想”。卡罗尔从小便有极强的创造才能，“十多岁的时候，他曾在家中花园里修建了一条游戏铁路；后来他又怀着这天赋童心建造了一座木偶剧场，制作了一些木偶；他还在雪地上建起过迷宫；此外他也喜欢猜谜，玩魔术和研究数字……”正因为卡罗尔本身的童心才为我们创造出了名著《阿丽丝漫游奇境记》。《阿丽丝漫游奇境记》中的阿丽丝是一个七岁半的小姑娘，她富有好奇心和求知欲，在天真，纯洁，浪漫的同时，敢于与权威对抗。他以儿童的眼光对待生活常识和人情世故，用儿童化的眼光装饰了兔子、渡渡鸟、三月兔、小老鼠、柴郡猫、甲鱼、毛毛虫以及扑克牌王国，并将这些构成一个浪漫有趣的童话世界。荒诞离奇、滑稽可笑的故事都是卡罗尔以爱丽丝的儿童视角为我们讲述的。

按照杨义的理解，“虚构叙事作品结构的开放的吸附性不仅体现在包容作者的人间哲学，在展示作者心目中的世界图式之时形成结构形式；而且体现在结构形式一旦形成，它就具有顽强的规范力量和逻辑力量，对作者的人生经验进行凝聚、剪裁、改装、变形和生发，从而达到世界图式和结构形式的完整性。”[①] 沈从文的《阿丽思中国游记》是成人视角，通过阿丽思和兔子傩喜的所见所闻，展现了现实中国所遭受的创伤。阿丽思和傩喜感到好奇并加以称颂的是现实中国。第一章是有关吃的主题，把人带进中国文化殿堂。在《中国旅行指南》一篇中，则介绍了给小费、

① 杨义．中国叙事学 [M]. 北京：人民出版社，1997：44.

拜会官或做过官的名人，赏下人的钱以及赌博、杀人这些在中国司空见惯的事情，这是沈从文对当时社会零距离的描述。这与其说是阿丽思和兔子傩喜的所见，不如说这里面还多具有沈从文从湘西来到北京后，在一种文化冲撞后，对北京城社会现实刻骨铭心的感受。沈从文是借助阿丽思的眼睛来展现当时中国现实，从故事当中批判了中国人的愚昧、麻木、崇洋媚外。他深深地痛心、失望与忧虑、悲哀于民族落后挨打的被动局面。在《阿丽思中国游记》第二卷的序中，沈从文说，“我把阿丽思又换了一种性格，却在论理颠倒的幻想中找到我创作的力量了。这在我自己是像一种很可珍的发现。然而也就可以说是失败，因为把一贯的精神失去了[①]”。这与沈从文 1943 年在《长河·题记》中明确提出探求“民族品德的消失与重造”的口号是相契合的。

在《阿丽丝小姐》中，陈伯吹把中立国的两名代表描写得有点异类，一个被称为“殖民地专家兼刽子手”枭爵士，一个被称为“军事专家兼绵羊国总督”狼将军，从名字上就可以知道这两名代表在圆桌会议上会不会持“中立”态度了。首席代表金钟山在圆桌会议上低眉俯首地要签订出

---

① 沈从文 . 沈从文全集（第三卷）[M]. 太原：北岳文艺出版社，2002：147.

卖民众利益的协议书，被副代表阿丽思一把撕成两半。枭爵士、狼将军以及敌方首席代表百足大将、副代表蝗虫中将，都被无所畏惧的阿丽丝这一行动吓呆了。《阿丽丝小姐》寄托了陈伯吹对悲观失望情绪的批判，鼓舞人民坚持爱国抗日的立场，去夺取最后的胜利。对于陈伯吹来说，“青年人的幻想让他不由自主地转向童话创作。”陈伯吹笔下的《阿丽丝小姐》关涉时代，作品被作者用以鼓舞爱国热情、激发救国壮志，儿童被当作未来之“国民”，具有鲜明的政治寄寓，这种儿童观使得作品充满浓厚的政治教化色彩。

陈伯吹在《论“童话”》中说，“不论在民间童话或者在创作童话里的魔法，只有让善良、勇敢的人掌握它的时候，魔法的力量才能发生正面的作用，或为一种巨大的助力，而使他们达到愿望，获得胜利的喜悦。”儿童文学是成人作者引导儿童审美，在两代人之间进行文化与审美经验传递的一种艺术载体，这一特点决定了儿童文学的审美意识应是成人作者与儿童读者的融合，即儿童审美意识与成人审美意识的互补调适、交融和提升。在创作时对儿童文学审美特性的表现起支配作用的是“成年人理解的儿童的审美意识”[①]。沈从文后来说，“我为了把文学当成一

① 王泉根．儿童文学的审美指令 [M]. 武汉：湖北少年儿童出版社，1991：28.

种个人抒写，不拘于主义，时代，与事物论理的东西，故在通常标准与规则外，写成了几本书。《阿丽思中国游记》，则尤其是我走我自己的道路一件证据。在第一卷陆续从《新月》登载以后，书中一些像讥讽又仿佛实在的话，曾有人列举出来，以为我是存心与谁作难。”[①]

“五四”以后的一段时间里，译介域外儿童文学的风气持续兴盛。比如这一时期，比较著名的儿童文学代表作品还有叶圣陶的《稻草人》。作者将稻草人拟人化，用稻草人的眼睛去看世界，《稻草人》反映了这样的儿童观：儿童不能孤立于现实社会而存在，有必要了解现实的世界，了解人民的苦难，文学作品也应该承担帮助孩子了解现实的责任。但是，《稻草人》以及同时代其他的童话作品，还没有能够上升到契合儿童心理特征，给儿童审美享受的功能上来，与其说是给儿童的童话，不如说是给成人的童话。可以说，沈从文的《阿丽思中国游记》和《稻草人》所反映的儿童观是类似的。

1981 年，沈从文在一次座谈中提到，“我也不怕失败，也不怕害羞，失败了就又重新再来，就等于好像你原先是一个小丑嘛，学杂剧嘛，翻筋斗，你这边翻完了又那边翻，

---

① 沈从文 . 沈从文全集（第三卷）[M]. 太原：北岳文艺出版社，2002：145.

两边翻完了，前后又再翻，都翻完了，我觉得还是再玩个花样，再翻。所以在我这方面，我感觉骄傲？永远不会骄傲的，永远是感觉到不够。越因为这样，越看书多，越感觉到不够。这是初期写作的一种心理过程吧。”[①] 也许，这正是沈从文在小说叙事与表达上的不懈探索的心路表征。

① 王亚蓉 . 沈从文晚年口述 [M]. 西安：陕西师范大学出版社，2003：62.

第四章　书写——深度思维

叔本华曾经说过，“正如火势需风助一样，思想的火花也要靠激发；一个人只有对他正研究的问题感兴趣，才能保持思维的积极活动。这种兴趣既可以是纯粹客观的，也可以完全是主观的。”[①] 沈从文对沅水流域文化感兴趣，精湛的写作技巧和他所努力要表达的主题相融，这也使得他始终能够保持一种积极思维。作为沅水流域文化的书写者，他的特定思维使他的书写为人所知，同时，带着民族地域文化色彩的书写又影响了其思维。书写促成了他更好地去思考地域文化、民族乃至国家的文化。他的书写具有了彩色的生命力，这种生命力在具有可读性，符合“人性”美的意义的同时，“使人的内省日益清晰，打开了心灵通向外部世界的大门，而外部世界和心灵是截然不同的；而且，文字还为内部心灵世界打开了通向自身的大门，使外部世

① 〔德〕叔本华 . 叔本华论说文集 [M]. 北京：商务印书馆，1999：345.

界成为内部心灵世界的背景”[①]。

沈从文是一个聪慧敏感、才气四溢的作家，书写与自身思维的并行发展，使得他的文学及语言修养超乎常人，使得他的认知与境界超越当时。其笔下，自然与人和谐共存，营造了一个牧歌般的人间圣境。阅读他的作品，“单独默会它们本身的存在和宇宙微妙关系时，也无一不感觉到生命的庄严”，神性在人与自然的共存中显现。书写与思维互相影响的逻辑关系也使得作家的气质和作为一个沅水流域文化的观察者、书写者的特点巧妙而和谐地结合在一起。他所追求的“梦”使其人其作获得广泛关注和思考，其作品中所反映出来的人文关怀也倍受世人青睐并成为永恒。我们也能从审美领域，抑或从“文明”批判的角度，透过以沅水流域文化为内容写成的经典名篇，清晰地领略沈从文的文学品格及人格的表征。

第一节　人性与神性的交融

晚清社会的深重危机以及由此带来的亡国灭种的焦虑

① 〔美〕沃尔特·翁．口语文化与书面文化：语词的技术化 [M]. 北京：北京大学出版社，2008：80.

使鲁迅这代人具有强烈的民族主义情感，因此他们反思中国文化以至国民精神的改造并非偶然。据中国近代著名学者、传记作家许寿裳回忆，早在日本东京弘文学院求学时期，鲁迅最关注的是这样相关的三个问题：

一、怎样才是最理想的人性？

二、中国国民性中最缺乏的是什么？

三、他的病根何在？

许寿裳认为鲁迅弃医从文就是为了解决这三个问题。鲁迅是以“立人”思想为其逻辑起点进行“国民性”改造，他将“立人”与“国民性”改造的问题作同一性的思考。20世纪30年代，鲁迅带着“立人”的渴望走入革命文学阵营。在鲁迅经典文学作品中，对“国民性”问题的思考多从生命的“个体”出发来关照现实人生，直抵“人性”的深层，这得益于其自身的生命体验和生命感受，也来源于其吸收西方文化中的“个体生命意识”。鲁迅从关照个体现实人生出发，来观察和触摸民族整体的灵魂与生命。沈从文继承了鲁迅乡土批判小说的衣钵，之所以这么说，是因为他不仅把握住了有着浓厚特色的湘西乡土小说民族性的特点，从这里面寻找到了自己异常熟悉的主题，而且在表现理想人性追求上更进了一步。从这个角度来看，沈从文文学创作在现代化的道路上，与鲁迅对民族性与现代性的双向追求是一脉相承的。

沈从文在中国现代文学走廊上是以一个理想的追寻者和传统的缅怀者形象出现的。成长于苗、汉、土家三族形成的独特湘西文化中的他，其成长经历使其形成了看待世界与众不同的方法，形成了自己关于生命的“信仰”，沈从文判断一切以及价值取舍的标准都得自于这个信仰。在面对城市文明这一现代性空间无法逾越时，“乡下人”身份的自我认定成为他最强烈的感觉，而且这种文化姿态的展现不是一蹴而就的。如果我们说鲁迅接受外来的“信仰”转而怀疑这种“信仰”经历了一个过程，那么沈从文形成自己关于生命的“信仰”这种主动的文化选择，也经历了一个过程。沈从文一生孜孜不倦书写的主题是“生命”，他是从沅水流域文化的生命形态里找寻“重塑”国家、民族的思想资源和文化资源。我们知道，书写人性的自然美好、人性的自由与解放被一直视为现代性的主要内涵。当面对“人性”这一主题时，鲁迅与沈从文所站的角度有所不同，尽管同样具备现代人的理性目光，但鲁迅的文化视野进入现代是从寻找民族文化病根开始，他批判的是国民劣根性，沈从文的文化视野进入现代是从追寻一种灵魂的自由开始，他赞美的是自然人性。

桃源地区用传统翻砂工艺打制铝制品的老人和围观者

南宋哲学家、陆王心学的代表人物陆九渊（1139—1193 年）是宋明两代“心学”的开山之祖，他曾经说，“宇宙便是吾心，吾心即是宇宙”。中国古人认为，“个体生命与宇宙万物是互为统一的不可分割的整体，心有灵犀便能感通万物、涵摄万物，这在中国人对待万物的态度上已获得了明证。……对待大自然的这种开放态度，不仅构成了中国人的生命境界，也养就了中国人乐观自信的民族性格，滋润着中国人不畏惧内心的寂寞孤独，不在乎居处的荒远偏僻，不屈服命运的悲苦不幸，而能始终怀有充沛的激情、健朗的心态，投入到对未来不懈的追求之中。”[①] 沈从文对大自然有着天生的亲近感，打开其浸透沅水流域文化的经典名篇，就如同铺开画卷。从通人性的黄狗，到与主人相依为命的老牛，从渔人所养的水鸟，到奏出音乐的水车，笔下既描述了香樟树的葱茏郁合，也刻画了松树龙蛇昂首。色彩斑斓、光鲜亮丽的绿色的世界与众所周知的沈从文笔下的水与船的世界构成了人与大自然的和谐篇章，散发着神奇魅力。大自然在他心目中，就像神一样，熏陶和锤炼了沈从文自身，也促成了其伟大的创作成就。在沈从文眼中，自然景象体现着神性，神性是超越人类的神圣性。他提出“神即自然”的生态观，这既是他用其田园牧歌式之笔展现对宇宙和自然的独特看法，也是他生态意识独异性的体现。1980 年 9 月中旬，沈从文给徐盈回复了一封信，信的主题是关于电影《边城》的拍摄，字里行间之中，我们可以看到沈从文对自己作品的理解：

“朋友汪曾祺曾说过，求《边城》电影上得到成功，纯粹用现实主义方法恐不易见功，或许应照伊文思拍《雾》的手法，镜头必须采用一种新格调，不必侧重在故事的现实性。应分当作抒情诗的安排，把一条沅水几十个大大小

① 高建新 . 山水风景审美 [M]. 呼和浩特：内蒙古大学出版社，2005.31.

小码头的情景作背景，在不同气候下热闹和寂寞交替加以反映。一切作为女主角半现实半空想的印象式的重现。因为本人年龄是在半成熟的心境情绪中，对当前和未来的憧憬中进展的。”①

“涉及所谓土娼和商人关系，也是比较古典的。商人也即平民，长年在驿路上奔走，只是手边多有几个活用钱，此外和船夫通相差不多。决不会是什么吃得胖胖的都市大老板形象。掌码头的船总，在当地得人信仰敬重，身份职务一切居于调解地位，绝不是什么把头或特权阶级，这一点也值得注意。”②

他还说，“至于主题歌，...... 依我主观设想，全部故事进展中，人实生活在极其静止寂寞情境中，但表现情感的动，似乎得用四种乐律加以反映：一为各种山鸟歌呼声；二为沅水流域放下水船时，弄船人摇橹，时而悠扬时而迫紧的号子声；三为酉水流域上行船，一组组纤夫拉船屈身前奔，气喘吁吁的短促号子声；四为上急流时，照例有二船夫，屈身在船板上用肩头顶着六尺长短篙，在船板上一步一步

① 沈从文 . 沈从文全集（第二十六卷）[M]. 太原：北岳文艺出版社，2002：149.

② 沈从文 . 沈从文全集（第二十六卷）[M]. 太原：北岳文艺出版社，2002：150.

打‘滴篙’爬行，使船慢慢上行的辛苦酸凄的喊号子声。内中不断有时隐时显，时轻时重的沅水流域麻阳佬放下水船摇橹号子快乐急促声音，和酉水流域上行船特别辛苦，船夫之一在舱板上打‘滴篙’，充满辛苦的缓慢沉重号子声相间运用，形成的效果，比任何具体歌词还好听得多，此外则在平潭静寂的环境下，两山夹岸，三种不同劳动号子，相互交叠形成的音乐效果，如运用得法，将比任何高级音乐还更动人。”①

沱江泛舟

从上面论述，我们可以领悟到，沈从文作品中沅水流域美丽、至纯至善的自然景色是他创作的源泉。“自然即神”是沈从文的生命和希望的焦点，自然是生命的象征，感情的载体，是富有生命活力的本体，也是一个让人不舍的客

① 沈从文．沈从文全集（第二十六卷）[M]. 太原：北岳文艺出版社，2002：150.

观存在体。

我们要引起注意的就是，“自然即神”并不是沈从文操作的终极目标，他这样描述自己：“这世界上或有想在沙基或水面上建造崇楼杰阁的人，那可不是我。我只想造希腊小庙。选山地作基础，用坚硬石头堆砌它。精致，结实，匀称，形体虽小而不纤巧，是我理想的建筑。这神庙供奉的是‘人性’。”[①] 当沈从文在自己的《习作选集代序》中用哲学家的眼光超越世俗，如此表述自己的“生命哲学”时，读者依然能够读懂他担忧国家、民族前途的人道主义立场，依然能够读懂他渴望以文学为媒，重塑正确的价值观进而得以重造民族品德，重造国民灵魂、振兴民族精神的憧憬。确实，他也穷其半生完成了对自己心目中人性殿堂“希腊小庙”的完美抒写。

在这种憧憬的过程中，沈从文通过自身所特有的那份敏感，洞察沅水流域民间“原型”，通过提炼组合、精雕细刻来凝聚成经典文学作品。在尊重生命的前提下，文学作品中主人公情感被淋漓尽致地勾勒，让读者能够感受到生命的力量，感受到人性的伟大。打开他的作品，我们能够读到山寨女子朴实善良、美丽大方、温柔可人的美，读

---

① 沈从文 . 沈从文全集（第九卷）[M]. 太原：北岳文艺出版社，2002：2.

懂生命的活力和生机，翠翠和三三们的身上洋溢着健康生命该有的活力，人文景致与自然景物的相融演绎着“天人合一”的至真之境；我们能够读到少年龙珠、傩送强壮而温顺、阳刚朝气之美，读懂人格的雄壮；我们能够读到经过岁月的洗礼而成熟、厚重的摆渡人、老水手、老船夫、客栈中的老者……人类最本真的性情因他们的坚守，闪耀着生命的坚韧。

在沈从文描写沅水流域文化的经典作品中，我们在欣赏美意的诗画时，能够深刻地体会到其探索人性的深度。他在《烛虚》中说：“……探索‘人’的灵魂深处或意识边际，发现‘人’，说明‘爱’与‘死’可能具有若干新的形式。”[①]生命赞美与死亡的对照形成作品的张力，体现了沈从文话语的美学本质和魅力之所在。最早把“人性”和“生命观”作为沈从文研究的切入口和重心的研究者是凌宇先生，他从哲学、心理学以及文化人类学等多重视角开辟了研究的新路径。并且，凌宇和其同时代学人在沈从文研究中搭建的基本格局和框架也一直沿用至今。1991年，复旦大学出版社出版了吴立昌的专著《沈从文——建筑人性神庙》。在这部作品中，吴立昌结合沈从文的人性观与

① 沈从文．沈从文文集（第十一卷）[M]. 广州：花城出版社，1984：281.

他当时所面临的社会现实，全面且客观地论述了沈从文其人其作与弗洛伊德精神分析学说的关系，既阐述了创作倾向的积极意义，也分析了片面局限之处。1992 年，王继志在《沈从文论》中，再次强调了沈从文的人性观，他说，“沈从文此后的顽童生活倒的确证明了他追求个人天性的自由发展和充满个人奋斗精神的性格内涵。”“艺术的使命就是让人们去感受一个世界。这使得个体在社会中摆脱他的功能性生存和施行活动。艺术的使命就是在所有主体性和客体性的领域中，去重新解放感性、想象和理性。”[①] 我们知道荷尔德林的《许佩里翁》是一部描述诗人的成长过程及他怎样领悟自身的人性及其承担的使命的成熟作品。在诗篇《许佩里翁或希腊的隐士》中，荷尔德林这样吟诵，“我时常站在这个高度，我的北腊民！然而片刻的思索就击落我。我沉思，发现自己和往常一样，孤独地怀着所有尘世的痛苦，而我的心的避难所，永恒的世界，去了；自然收敛了臂膀，我像异乡人站在它面前，不理解它。”[②] 同样像荷尔德林所述异乡人一样，沈从文也是在感受一个世界，

---

① 李小兵译 . 审美之维：马尔库塞美学论著集 [M]. 北京：三联书店，1989：212.

② 〔德〕荷尔德林 . 荷尔德林文集 [M]. 北京：商务印书馆，1999：9.

他是在用诗性的语言来填平理性世界和现实世界的鸿沟。

探讨人性与神性话题的时候，废名其作可以做为参照。20世纪30年代，与沈从文同为京派学人的废名在《中国文章》中写道："中国人生在世，确乎是重实际少理想，更不喜欢思索那死。"废名在这方面表现出一种叛逆状态，正是传统的叛逆使得他在《桥》《浣衣母》等作品中多次出现坟、鬼火等与死亡相关的意象，但读者并没有体会到恐怖之感，相反，文字却充满诗意，引人遐思。"在艺术的天地中，虽然弥漫着死亡，但是艺术不屑于给死亡以意义的诱惑。对艺术来说，死亡是一种恒常的偶然和不幸，一种恒常的威胁。即使是在幸福、完满和胜利的时刻。"[①]与沈从文同时代的马尔库塞（1898年7月19日至1979年7月29日，法兰克福学派的代表人物之一）在这段话中表述的美学观与京派文人的生命哲学如此相似，是借鉴还是偶遇？我们不得而知。在沈从文的《豹子·媚金与那羊》中，我们感悟到了生命的意义，感受到了生命的本真。媚金和豹子相爱，却因为一个找不到"羊"而造成误会，最后双双"死亡"，当沈从文用艺术的审美形式揭示出现实中新的维度时，艺术虚构的世界，表现为真实的现实。《月

① 李小兵译．审美之维：马尔库塞美学论著集[M]．北京：三联书店，1989：254.

下小景·序曲》通过塑造寨主的独生子傩佑和恋人的死亡来渲染爱情，沈从文选择“死亡”与“爱情”的相邻书写增强“生命哲学”的凝重感和厚重感。人类在面对“生命”的同时，也要直面和体验“死亡”，沈从文通过描述“死亡”来将生命的可贵性推到极致，达到对生命的尊重。沈从文对沅水流域“原型”的改造，不是致力于表面叙述，而是通过提炼后的书写，将笔触指向生命更深处的存在，表达具有温度的生命力。使得这种生命力更具有可读性，表达对整个国民人性健康人格的追求，这更符合“人性”美的意义。

在对沈从文研究不断走向深入的同时，有研究者把沈从文的生命艺术观与泛神论思想相联系。1991 年，易小明在《吉首大学学报》(社科版)发表《对抗中彻悟人生》一文，他认为，“神”是沈从文的艺术情结，沈从文并非虔诚信仰某种具体宗教，“神”对他而言只是一种美的抽象、艺术的迷狂和生命的崇拜。“神”与“神性”是两个不同概念，在沅水流域这个充满“美”与“爱”的世界里的“神性”是指沈从文文字中所描写的体现沅水流域文化的人物，既有恬淡无欲、归真返璞的思想，也有不为名利，不为私欲，“知足常乐”的情操，这是沅水流域自然人的生命的存在形态。在其笔下，无论是人事或是景物，都隐含着他对人性的思考，都体现为沈从文对生命的渴望和孜孜不倦的追求。“神性”

使得人的生命有了意义和活力。“神性”是抽象的，在其广阔的文学世界里演变成一种个人经验，这种个人经验主要包含着沈从文对“人性”的理解，以及对“生命”的理解，显现在人物上就是主人公们所表达出来的素朴的情感以及单纯的观念。

笔者之所以认为沈从文对沅水流域文化的书写是人性与神性的交融，是因为中国和西方两种审美意识不同。比如，中国画注重空间意识时间化，西方艺术注重时间意识空间化，“这也就决定了中、西两大艺术系统各自的归宿——音乐性与雕塑性”[①]。中国和西方审美情趣的差异由来已久，中华传统文化中的美善同源思想铸造出中华民族重人情、重感受的温厚淡雅的鉴赏情趣，西方历史文化中的美智合一原则熏陶了希腊民族重理智、重思辨的高贵静穆的审美遗风。宗白华甚至提出这样的判断，“一个充满音乐情趣的宇宙（时空合一体）是中国画家、诗人的艺术境界。”[②]中国古代文人推崇文人山水画之风，理想中的诗画是“诗中有画，画中有诗”，而西方文化则追求不同的境界。比如，对音乐的理解，是追求的和谐与灵感，柏拉图认为诗人和其他艺术家和酒神祭师是有联系的，“他们一旦受到音乐

① 宗白华 . 美学散步 [M]. 上海：上海人民出版社，1981：111.

② 宗白华 . 美学散步 [M]. 上海：上海人民出版社，1981：89.

和韵节力量的支配，就感到酒神的狂欢”[①]。

沅水流域历史悠久，民风淳朴，人民勤劳，先民们在千百年的农事劳作实践中，创造了丰富多彩的农耕文化。图为农民驶牛耕地。

沈从文是一个多产作家，他在自己内心中进行创造并且创作出正是符合他自己自觉意愿的东西的时候，是被创作冲动所驱使的。按照荣格观点，这是一种“异己的”意志或者“异己的”灵感在驱使，也正是这种有别于平常意志或灵感的驱使，其作品才有别样的光辉。荣格对《尤利

① 柏拉图 . 柏拉图文艺对话录 [M]. 北京：人民文学出版社，1983：8.

西斯》有过评价，他这样说："每当我读《尤利西斯》时，我总想起一幅由理查·威廉出版的中国画，画上是一个沉思中的瑜伽论者，他的头顶上长出了5个人的形状，而这5个人形的头上又各自再长出五个人形。这幅画画出了这个瑜伽论者的精神状态，他正要摆脱他的自我而进入到自己的更为完全、更为客观的境界中去。这是'静穆孤独的月轮'的境界，是生与死的缩影，是东方救赎之道的最高目标，是数百年来为人们所追求和赞美的印度和中国智慧的无价明珠。"[①] 这是荣格的立场，作为心理学家，他有一定局限性，表现出了明显的不严谨。荣格说"尤利西斯是乔伊斯心中的创造神"，但《边城》《长河》又何尝不是沈从文心中的无上呢。它们是沈从文真正摆脱了精神世界的繁杂纠纷而以超脱的意识，沉思凝想创造出来的人性与神性交融的作品。

第二节　认知与境界的超越

1923年，沈从文漂泊到北京，落脚在杨梅竹斜街（位

① 〔瑞士〕荣格．荣格文集[M]. 北京：改革出版社，1997：271.

于前门外西南，在大栅栏街西口往西大约半公里处，东起煤市街，西到延寿街。明代称“斜街”，因为该街的走向自东北向西南倾斜故得名）的湖南酉西会馆。1924 年，表弟黄村生建议沈从文迁居到银子闸胡同（北起五四大街，南止北河沿大街，东邻沙滩南巷，西靠草垛胡同）公寓，在此，沈从文正式开始了他的文学创作生涯。沈从文不是“五四”新文化运动的参与者，但当时已经形成的自由开放的学习氛围、兼容并包的治学精神和不拘一格的学习形式影响了沈从文。1924 年初，沈从文的姐夫田真逸给他介绍了在燕京大学读书的董秋斯（原名绍明，1899 年生，直隶静海（今属天津）人，文学翻译家。新中国成立后，历任上海翻译工作者协会主席、《翻译》月刊主编、中国作协编审、《世界文学》副主编），通过董秋斯，沈从文认识了张采真、刘廷蔚、顾千里、韦丛芜、于成泽、夏云、焦菊隐、刘潜初、樊海姗、司徒乔等一批燕大学生。在北大旁听期间，沈从文又认识了刘梦苇、黎锦明、王三辛、陈炜谟、赵其文、陈翔鹤、冯至、左恭、杨晦、蹇先艾等一批北大学生。此外，他还与杨晦、胡也频、丁玲等青年学人相互交往。“学人间的相互砥砺也在一定程度上扩大了他的人格，参与了沈从文‘新我’的建构过程。林宰平、郁达夫、徐志摩、胡适等新文化运动的巨擘或亲历者的扶掖和提携，不仅从物质层面解决了沈从文的燃眉之急，更从精神层面加深了他对‘五四’精神和五四人的认同，并使他逐渐获得了‘五四’知识分子的自身角色确认。”[①] 笔者认为，自身角色确认是沈从文自我认知的一次大超越。

初到北京的沈从文对个体生命的感悟是深刻的，生命是沈从文所遵循的一个价值准则。沈从文单独默会自然景物的存在和宇宙微妙关系时，总是感觉到生命的庄严，这种单独默会也许是沈从文文学孤独感的最初来源。按照解志熙的说法，孤独感“表现了人对其存在的终极意义之源的困惑与迷惘，显示了人对其存在的最深切的根本的关怀”。孤独是一种人生沉淀，孤独沉淀之后的思维是清明。西南联大的人文环境和生存环境有助于沈从文找回清明的心，处于一种清明的状态，头脑也变得非常清晰、非常冷静。此时的精神状态来自于他周围的环境，也来自于他对往事的追忆。他周围看得见的世界促使他去思考适合于他的天性和当时心境的问题。

我们说，文字中的落寞、颓废，笔墨点染处透露某种人生滋味是周作人的孤独，这种孤独从而诞生了他的美文小品。废名的孤独是于乡间儿女翁妪的叙事中演绎的那份寂静

---

① 马新亚 . 文学的缘起与文学的缘起与“工具的重建”——考察沈从文与“五四”启蒙文学关系的两个断片 [J]. 南方文坛 .2016（4）：21.

美，从而诞生了他的竹林世界；同在西南联大的冯至对孤独的体认，是在于揭示了人的觉醒过程和醒来的痛苦，从而诞生了他的《十四行集》。冯至的孤独，是“由一个人的精神所体验到的与宇宙相融合的境界，就其对众生无责任感的这一点而言，所以不是以仁义为内容的道德。就其非思辨性而是体验性的这一点而言，所以不是一般所说的形而上学。因此，它只能是艺术性的人生与宇宙的合一”。沈从文孤独之时，则是从改造民族角度寄托他的文学理想，这是认知与境界的超越，他为自己规定了一条孤寂的道路：“我除了存心走我一条从幻想中达到人与美与爱接触的路，能使我到这世界上有力气寂寞的活下来，真没有别的什么可做了，已觉得实在生活中间感到人与人精神相通的无望，又不能马虎的活，又不能决绝的死，只从自己头脑中建筑一种世界，委托文字来保留，期待那另一时代心与心的沟通。”这种走一条与美与爱接触的路，是有个性主义的文学创作之路。沈从文从少小时以全部身心感知到的那份有声有色有形有味的人生到成年后重新在头脑中加以“构筑”并委托文字加以保留，从意识到人与人精神沟通的无望到期待着未来人与人心灵的沟通，记录了个性主义发展的轨迹。

到 20 世纪 40 年代的时候，沈从文试图突围自身囿于乡村与都市分离的创作模式，打破固有价值体系，开始“寻求一种建立在两者结合基础上的人性形式，它包括主体性人格的构建、在文学的功利与无功利之间寻找平衡并建立起新的生命信仰等几方面内容。这一价值追求是在传统的转型与现代的反思之间展开，它既蕴涵着古老民族传统的优秀内核，同时也体现出现代性品格”[①]。笔者认为，沈从文在传统的转型与现代的反思之间展开的这一价值追求是境界的一次大提升。

《烛虚》是沈从文在昆明时期一部特别的散文集。《烛虚》之一和之二，署名沈从文，刊载于1940年4月1日《战国策》第1期；之三以《时空》为篇名，1939年10月28日刊载于昆明《中央日报》；之四分别刊载于1940年7月15日《战国策》第8期和1940年8月19日刊于香港《大公报·文艺》；之五刊载于1940年9月14日《大公报·文艺》。之三到之五均署名上官碧。1940年，桂林文化生活出版社出版《烛虚集》。在《烛虚》中，“抽象”与“具象”间的对立冲突开始走进沈从文的人文世界。为什么要写作《烛虚》？沈从文没有在《烛虚》之一中说，倒是在《烛虚》之四初次发表时，有如下一段引言，未收入《烛虚集》内：

“家住呈贡，黄昏前独自到后山高处，望天末云影，由紫转黑。稍过一时，无云处天尚净白，云已墨黑，树影

---

① 王小平.走向新的起点：沈从文的四十年代[J].吉首大学学报（社会科学版）.2005（2）.144.

亦如墨黑。光景异常清寂。远望滇池，一片薄烟。在仙人掌篱笆间小小停顿，看长脚蜘蛛缀网，经营甚力。高大山楂树正开花，香气馥郁，蜂子尚营营嗡嗡，不肯休息。觉人生百年长勤，情形正复相似。捕蚊捉虫，吃吃喝喝，其事至小。然与生存大有关系，亦即十分庄严。但从这些小小生物谋生认真处看来，未免令人对于‘人’生悲悯心。因通常人总喜说为‘万物灵长’，脑能思索，手能发明，进步至不可思议。殊不知进步中依然处处尚可见出与虫豸完全相同处，即所思所顾，单纯而天真，终不出‘果口腹’‘育儿女’二事。有些方面且不如虫豸认真，未免可怕。作《烛虚》四。”①

《烛虚》作为独语体散文，写于西南联大迁往云南的第二年（1939 年）。《烛虚》旨在“察明人类之狂妄和愚昧，思索个人的老死痛苦，使生命之光，熠熠照人，如烛如金”。怎么“熠熠照人”？沈从文认为一是通过“子嗣的延续”，二是通过文学艺术的创造，来使人类延续生命。这种想法也许来源于沈从文所处的时代，作为现代知识分子，沈从文生活在一个非常态的时代，生命随时可能被毁灭。在西南联大，当我们深层次的理解沈从文离开文化习

① 沈从文 . 沈从文全集（第十二卷）[M]. 太原：北岳文艺出版社，2002：28.

俗、社会人群、随波逐流的时尚等社会活动层面，直接面对的是人作为“终将死去”的有限生存者这一基本情景时，我们才能理解《烛虚》的基本主题，才能理解沈从文对生命、对生存的思考和追问，这种思考和追问是在文化观念上探寻中国变动的目标和方向，也才能理解他为何在看似没有诗意的地方发现、思索出属于整个人类的哲理。

沈从文在《烛虚》中表达的观点，经历了一个积淀的过程，这种观点的形成不是一蹴而就的。1937 年 11 月，他告诉张兆和，“我近来因为读了些书，读了些关于生理学和人生哲学的书籍，反省自己，忽然产生了些谦卑情绪，对于我们的关系，增加了些义务感觉，减少了些权利感觉。这谦卑到极端时且流于自卑，好像觉得自己一切已过去了，只有责任在身。”[①] 表面上，这似乎是夫妻之间的承诺，但我们也能够看出端倪，沈从文的思想在发生变化。1938 年 7 月 30 日，他在给妻子的信中说，“已夜十一点，我写了《长河》五个页子，写一个乡村秋天的种种。仿佛有各色的树叶落在桌上纸上，有秋天阳光射在纸上。夜已沉静，然而并不沉静。雨很大，打在瓦上和院中竹子上。电闪极白，接着是一个比一个强的炸雷声，在左边右边，各处响着。

---

① 沈从文 . 沈从文全集（第十八卷）[M]. 太原：北岳文艺出版社，2002.：263

房子微微震动着。稍微有点疲倦，有点冷，有点原始的恐怖。我想起数千年前人住在洞穴里，睡在洞中一隅听雷声轰响所引起的情绪。同时也想起现代人在另外一种人为的巨雷响声中所引起的情绪。我觉得很感动。唉，人生。这洪大声音，令人对历史感到悲哀，因为它正在重造历史。……近来看一本《变态心理学》，明白凡笔下能在自己以外写出另一人另一社会种种，就必然得把神经系统效率重造重安排，作到适于那个人那个社会的反应，—自己呢，完全是‘神经病’。是笑话也是真话，有时也应当为这种人为的神经病状态自悼，因为人不能永远写作，总还得有平常人与人往来生活等等，可是我把这一套必须方式也改变了。”[①] 从这里我们可以看到，沈从文这一阶段吸收了许多文学以外的书籍，而究竟是哪些影响了他的文学创作，是值得探讨的话题。他自己认为，“我不会模仿，我看外国小说不大受影响，看多了就不受影响了，我喜欢看。我在大学里二十多年，教的是这个，写的是这个，看的还是这个，一天就滚在里面。”[②] 金介甫却认为，“如果现代派可以广

① 沈从文 . 沈从文全集（第十八卷）[M]. 太原：北岳文艺出版社，2002.：316

② 王亚蓉 . 沈从文晚年口述 [M]. 西安：陕西师范大学出版社，2003.125

义地指19世纪晚期西方兴起的一种对生活采取全新的观点，那么就可以说沈从文的确受到过现代派的感召。”[①] 金介甫使用的是一种广义的概括，但有一点，他体会的比较强烈，他认为，“梦幻和自由联想在沈从文后期小说农村人物的日常生活中尤其显著。”[②] 这说明，沈从文在写作中是不断在超越自己的认知与境界。

这种独语体令人想起鲁迅的《野草》。鲁迅的《野草》并非创作于偶然冲动，而是长期苦闷和反思以后积累起来的创作力的爆发。对后来的读者来说，鲁迅作品最易识别的标志就是感情的成熟。“……许多早期‘五四’作家响应了文学革命的号召，鲁迅是其中最自觉的实践者。他不是仅仅喊出反传统的口号，而是积极寻求艺术地对待这传统，改造某些他视为可用的，扫除另一些，又辅以外国文学的榜样，重建自己的文学形式。“[③] 相比于西南联大时期以前的作品，此时的认知与境界的超越是沈从文的自我升华，他其实也是有意在作品中追求这样一种“升华”，在

---

① 〔美〕金介甫 . 沈从文传 [M]. 北京：国际文化出版公司，2009：160.

② 〔美〕金介甫 . 沈从文笔下的中国社会与文化 [M]. 上海：华东师范大学出版社，1994：63.

③ 〔美〕李欧梵 . 铁屋中的呐喊——鲁迅研究 [M]. 长沙：岳麓书社，1999：56.

对自然、历史和人事的感悟中，在创作的高峰体验中，沈从文无数次地追求这种升华的瞬间。

对于这种认知与境界的超越，我们也可以从与沈从文同时代且同在西南联大任教的闻一多发表的文章中找寻到答案，闻一多的《文学的历史动向》刊载于 1943 年 12 月《当代评论》第 4 卷第 1 期，他在其中说，“每一时代有一时代的主潮，小的波澜总得跟着主潮的方向推进。……过去记录里有未来的风色。历史已给我们指示了方向——“受”的方向，如今要的只是勇气，更多的勇气啊！”[①] 闻一多是从诗人诗歌的角度来谈文学的发展的，闻一多认为，“诗人的态度”和“文人的态度”是有区别的，它们是两种不同的生活态度，体现为两种不同的思维方式。超然的、纯感情的是“诗人的态度”，而“文人的态度”是求生的、有价值的。闻一多的阐释也许更便于我们理解沈从文，也正是在这个意义上，在沈从文的作品中，我们能看到一个“‘大写’的人的作家形象”[②]。这种“大写”的人的作家形象是我们当前研究所未及的，只有建基于沈从文文本“细

① 闻一多 . 闻一多全集（第十卷）[M]. 武汉：湖北人民出版社，1993：20-21.

② 吴晓东，唐伟.“细读”和“大写”——关于沈从文研究的访谈 [J]. 当代文坛，2018（5）：86.

读”的“大写”诉求，才不会在沈从文研究中流于空疏和跑偏。

对于这种认知与境界的超越，我们还可以从心理学层面来体会。荣格认为，自我超越是创作和欣赏中最重要的心理现象，是人类审美活动的一条基本规律。“创作和欣赏不仅是自我的表现，同时也是自我的超越；不仅是对个人的积极肯定（本质力量的外化），同时也是对个人的积极否定（旧的心理图式的打破）；不仅是个体（自我）的对象化，同时也是客体（对象）的主体化。这是同一个问题的两个方面，它们彼此因依、互为条件，表现为一个持续的心理建构（外化和内化同时进行）的过程，即自我的肯定——否定——肯定这样一个不断扬弃，拓展和复归的过程。”[①] 荣格美学有自己的缺陷，但他肯定了艺术本质上是超越了艺术家个人的东西。他曾经说歌德，“他的作品超越了他，就像孩子超越了母亲一样。创作过程具有女性的特征，富于创造性的作品来源于无意识深处，或者不如说来源于母性的王国。每当创造力占据优势，人的生命就受无意识的统治和影响而违背主观愿望，意识到的自我就被一股内心的潜流所席卷，成为正在发生的心理事件的束手无策的旁观者。创作过程中的活动于是成为诗人的命运

① 〔瑞士〕荣格．心理学与文学 [M]. 北京：三联书店，1987：24-25.

并决定其精神的发展。不是歌德创造了《浮士德》，而是《浮士德》创造了歌德。”[①] 沈从文又何尝不是如此呢？四十年代左右的精神超越，使他更自信，写作充满活力。他对沈云麓说，“我总若预感到我这工作，在另外一时，是不会为历史所忽略遗忘的，我的作品，在百年内会对于中国文学运动有影响的，我的读者，会从我作品中取得一点教育的。”[②] 达到这种境界是不容易的，怎么达到，在《沈从文晚年口述》中，他指出了路径，“我曾赞成年轻一代的同乡作家，能够去跑，能够挨饿能够不怕冷，是不是能先做记者，把笔下弄活它。记者呢，一方面反映现实，一方面他又熟悉冬暖夏凉这个四季的变化，一方面看到现实社会的种种。这个底子呢，比到学校去学文学有用处。”[③] 对于文学创作者来说，也许这才是要想达到认知与境界超越的必由之路。

认知与境界超越后，沈从文就能娴熟使用种简洁凝练的技巧，抓住了沅水流域的人和事在现代世界存在的复杂

---

① 〔瑞士〕荣格．荣格文集 [M]. 北京：改革出版社，1997：248.

② 沈从文．沈从文全集（第十八卷）[M]. 太原：北岳文艺出版社，2002.410.

③ 王亚蓉．沈从文晚年口述 [M]. 西安：陕西师范大学出版社，2003.69.

性。一定程度上，我们可以说，他真实地观察到自身的存在镜像，他了解他自己，了解他们自己置身于沅水流域这一鲜活世界的真相，他已经接近隐匿在他自身最深处的自我存在。沈从文通过赋予作品以形式，已经最大限度地发挥了他个人的才能。他把解释留给了别人，留给了未来。按照米兰·昆德拉的说法，“他的思想的伟大之处并不在这本书里，他只是作为小说家，才成其为伟大的思想家。这就是说，他善于在他的人物里创造极其丰富的前所未有的精神宇宙，人们喜欢在他的人物身上寻找他的思想的投影。”①

① 〔法〕米兰·昆德拉．小说的艺术[M]. 北京：三联书店，1995：75.

第三篇 沉水流域文化的批判者

在烽火连天的抗战岁月，中国现代文学一度在中国民族意识的建构中扮演了特殊的角色，发挥了独到的作用。中国现代文学中的主流作品以其独有的思维方式、情感方式及审美方式影响、塑造着受众。文学以特有的价值观建构了现代中国文化。

作为沅水流域文化的批判者，沈从文的文学创作和其初期相比，已经有了强烈的时代感，已经凸显出明确的文化对抗心理和民族意识。沈从文的民族发展脉络，是他对中华民族情感和价值的抉择。如果说鲁迅们是以文学的方式来唤醒沉睡的中国人民，到了沈从文这个时间段，则是以重振中华民族的精神为己任。沈从文的文学作品是时代精神的体现，也是社会文化的缩影。从 20 世纪 30 年代初期开始，他的作品已经呈现民族反思与批判意识。无论是在文学作品中，还是在与家人、友人的信件中，其笔端有对地域文化毫不留情的批判，有对地域文化中消极面的无情暴露。一种强烈的忧患意识驱使沈从文对当时的文化价值和文化心态进行批判，他殷切期待真正意义上的“健康”民众出现在大湘西。实际上，这正深沉地表达了他内心对拯救国民，对民族复兴所持的一种美好愿望。

第五章　花声——时代投影

张新颖先生评价沈从文，认为“他跳出了这个被规划的、建立在人是一般主体的基础之上的‘现代世界’，置身在广大的天地里面。从这个角度去看，不但现代图像化的世界的弊病他会看得很清楚，而且，这样一来，人在天地之间的悲哀和他所体现的天地的生机——那种永不止息的生气，他也会有相当的体会”[①]。20 世纪上半叶，沈从文是与时俱进的文学家，即使是在西南联大期间，我们也能从现存信件中窥见他思想一斑。

1941 年 4 月 30 日，他在致沈云麓的信中说，“城中自今年以来，空袭毁屋已将近五分之一，或且到三分之一。惟市民经验日多，毁去者不过若干房子，生命损失不多，情绪尚能稳定。《日俄协定》成功后，据闻可抽调敌兵三十万用在南进上，但鬼子狡计，看准南进即将与美国冲突，因此将兵真正封锁中国，一面可望解决中国事件，一面可观望欧非局势。因此福州陷落，江浙亦失去若干土地，

① 张新颖 . 沈从文精读 [M]. 上海：复旦大学出版社，2005：11.

且据闻尚拟在长江线上加兵十五万，向汉中攻，再下重庆。将来情形如何，殊不可知，可以想象得到的，即南进若不成功，八月内中国各地必将使战事活泼，因到彼时敌即未大攻，我亦必因英美之助，必须反攻也。就事势看来，长沙恐亦将成为敌一目的地。因此线上彼运输接济方便，抢掠湖米亦必为鬼计之一部。这里昨天又大炸，毁屋过千间，学校附近尚好好保存，电灯亦未息。”[①] 再比如，1942 年 9 月 14 日，他致沈云麓的信中说，“日本至今犹未有大动作，很显明西伯利亚攻击再迟一月即不会下手了。印度至今尚无头绪，缅甸方面亦不闻加重压力，则印度似亦不会进攻。据专家说，若不攻印度，则缅甸压重兵为不经济，缅甸只能作据点，或且有如过去南宁情形，我军二次入缅亦意中事也。南北既无用兵征兆，则攻澳或檀香山必有其一，比较上攻澳可能性大……”[②] 从精神谱系上说，中国现代意义上的知识分子与中国传统文人是一脉相承的。这段时间，沈从文与家人的信件内容，一般先谈国际局势，再谈国内情况，最后聊家庭，有时候，顺序也变下，但自身承袭的

---

① 沈从文 . 沈从文全集（第十八卷）[M]. 太原：北岳文艺出版社，2002：395.

② 沈从文 . 沈从文全集（第十八卷）[M]. 太原：北岳文艺出版社，2002：414.

传统中国文人忧国忧民、济世救国的情怀没有变。中国知识分子的精神担当在沈从文身上得到充分体现。在心系国事的同时，他也不断地在与社会抗争。比如，1943 年 1 月，他在给沈荃的信中说，“《长河》被假借名义扣送重庆，待向重庆交涉时，方知并未送去。重庆审查时去五十字，发到桂林，仍被删去数千字。《芸庐纪事》第三章也被扣，交涉发还，重写一次，一万字改成六千，精神早已失尽了。”[①]沈从文心力交瘁可见一斑。即使这样，他仍然没有回避社会矛盾，没有躲避一个作家应有的人性和人道主义的批判立场。沈从文是以文化批判者的独立精神面对历史和未来，他以一种“归乡”的眼光自觉批判了沅水流域文化中日渐下行的价值观念和风气，表达了对于未来的期待，体现了其当时清醒的历史观念、浓重的忧患意识。他的创作个性和其他京派文人的创作个性出现交集，凝聚出共性，他融入并引领京派在小说领域的实践，追寻逝去的美，和其他京派文人一起呈现出从容节制的古典式审美趋向。

---

① 沈从文 . 沈从文全集（第十八卷）[M]. 太原：北岳文艺出版社，2002：423.

第一节　京派之约：从个体到群体①

沈从文的文学创作重心是基于自己的创作个性。从开始文学创作起，沈从文就一直在有意识地进行思想、人格的修炼，努力提高个人情感的社会化程度，在体裁样式、结构安排以及表达方式、语言运用、文学技巧等方面，他本人经历了从从众随俗到形成鲜明的个人特点的转变，凭借自己的创作才情，在经典作品中形成了独特的审美特色和风貌。他超越时俗，超越“五四”文学中那种孤独的“我”，围绕“美”与“爱”，以“乡下人”的个体身份对沅水流域文化进行批判。沈从文的文学作品是对沅水流域文化的的独特发现、独特感受和别样表达，沈从文对沅水流域社会生活的思考与评价，对时代风貌与社会心理的反映与剖析有开拓性、原发性与独特性。他是那个时代沅水流域社会情绪的体现者，其经典作品中与沅水流域文化水乳相融的内心强烈、丰富的情感与现实生活是紧密结合的，没有疏离社会、脱离时代。到了抗战期间，其创作与时代赋予的历史使命更相融，与社会期待视野更相融。习惯独行的沈从文并不是孤立的，他在写作上没有逐步走上“私人化”

---

① 本章节部分观点来源于笔者的《1921-1949 冯至的人文世界》（中国书籍出版社，2019.）

的写作道路。他是沅水流域精神家园的守护者，但他不是“个人话语”的叙说者，而是经历了从个体到融入群体的心路历程。沈从文在迁徙的过程中，很长一段时间，他一直没有离开他所生活的社会环境和所处的时代背景，所以我们也不能离开历史和文化，不能离开社会群体来探讨他的文学创作。沈从文与京派是绕不开的话题。

京派，不是一种单纯地域性的概念，它是指新文学中心南移到上海以后，在 20 世纪 30 年代继续活动于北平的作家群所形成的一个特定的文学流派；是指现代评论社滞留在北京的部分成员，比如周作人、俞平伯、废名（冯文炳）、杨振声、凌叔华、沈从文等，以及一批后起之秀，如林徽因、萧乾、芦焚（师陀）、何其芳、李广田、卞之琳和理论批评家朱光潜、梁宗岱、李健吾（刘西渭）等。[①] 其中，周作人和朱光潜共同构成了京派文学思维与精神世界的灵魂人物。[②] 作为当事人之一的朱光潜在一篇介绍沈从文文艺风格的文章中这样回忆：“他编《大公报·文艺》，我编商务印书馆的《文学杂志》，把北京的一些文人纠集

① 杨义．京派海派综论（图志本）[M]. 北京：中国社会科学出版社，2003：27.

② 杨义．京派海派综论（图志本）[M]. 北京：中国社会科学出版社，2003：4.

在一起，占据了两个文艺阵地，因此博得了所谓‘京派文人’的称呼”。[①]1986年，冯至在《新文学史料》第1期中发表《昆明往事》，回忆抗战时期的西南联大时提及：“在这以前，学术界有所谓京派海派之分。这个区分本来就不科学，很难给两派下个明确的定义。若要勉强作个说明，海派姑且不谈，京派则一般认为，做学问比较扎实，思想倾向保守，有浓厚的士大夫气。”京派的形成时代要求，同时也是文学风尚和作家美学追求的结晶，京派作家作品大体都与社会现实保持一定的距离，有自己的文学风尚和美学理想，追求一种冲淡、恬静、含蓄、超脱的风格。

京派作为一个文学流派，它没有现代文学史上典型文学流派的形态，这是因为它既没有社团组织，也没有共同的宣言和纲领，极其松散的形式使其成为并非严密意义上的文学流派。“京派”作为一个流派，它在中国现代文学史上的出现从其发生学上来讲，并不是自发生成的，它在很大程度上是因受社会接受影响而出现的一个流派。

1933年10月，沈从文发表《文学者的态度》，他认为，“过去观念与时代习气皆使从事文学者如票友与白相人。”他在文中，也提到，“近些年来，对于各种事业从

---

① 朱光潜．从沈从文的人格看沈从文的文艺风格[J]. 花城，1980（5）.

比较上皆证明这个民族已十分落后，然而对于十年来的新兴国语文学，却似乎还常有一部分年轻人怀了最大的希望，皆以为这个民族的组织力、道德与勇敢诚朴精神，正在崩溃和腐烂，在这腐烂崩溃过程中，必然有伟大的作品产生。这种伟大文学作品，一方面记录了这时代广泛苦闷的姿态，一面也就将显示出民族复兴的健康与快乐生机。”文章本意是从“道德上与文化上的卫生”[①]观点出发，主张扫除这存在于文坛上的恶习气，倡导一种严肃健康的文学态度。他说，“已经成了名的文学者，或在北京教书，或在上海赋闲，教书的大约每月皆有三百至五百元的固定收入。赋闲的则每礼拜必有三五次谈话会之类列席，希望他们同我家大司务老景那么守定他的事业，尊重他的事业，大约已不是一件很容易的事情。”这一观点受到上海文人的指责，1933 年 12 月，苏汶于《现代》上发表《文人在上海》以鸣不平。1934 年 1 月，沈从文在《大公报·文艺副刊》上再度发表《论“海派”》予以回答，由此引发一场声势浩大的“京海”论争。

沈从文是京派作家核心成员，他从中国传统文化艺术吸收知识，增加了其个人生命的深度，增加了其作品的深度。

---

① 沈从文 . 沈从文全集（第十七卷）[M]. 太原：北岳文艺出版社，2002：59.

他也对中外文学探源溯流、洞幽察微，不依傍于一家门户，既浸淫于古典派作品，又出入于浪漫或象征派作品之间，以渊博的学识滋润其审美理想的纯粹与宽容。他在文学理论研究或创作中注重清澄的心境，注重受形于外物启示的心灵活动，注重抓住万物玄机的灵感，这也是其常见的心境。在其作品中，这种心境见诸短篇《三三》和中长篇《边城》等。沈从文的文艺观、审美观、对知识的批判及文化重造的构想等方面都体现出与道家思想的内在精神联系。道家个体主义的核心是追求人的自由与独立，曾熟读道家文化典籍的沈从文自然不例外。正如梁实秋对他的评价，“一方面很有修养，一方面也很孤僻，不失为一个特立独行之士，不肯随波逐流的人。”[①]沈从文的文学批评极力维护文学独立、自由、纯正的品格，同时也强调文学对民族品德重造的社会作用，主张以美育代替宗教，以文学代替经典。这一重造的主张正如凌宇先生指出的，虽“建立在他对中国传统文化根本性的怀疑的基础之上，……但沈从文并非全盘性反传统主义者，佛教的人性向善，儒家的入世进取，道家的人与自然的契合的思想要素被沈从文接受并吸纳从

① 转引自王珞．沈从文评说八十年 [M]. 北京：中国华侨出版社，2004.

而形成沈从文自称的‘新道家思想’”[①]。沈从文、废名、冯至等人用各自擅长的艺术表达形式共同发展了一种乡村牧歌型的浪漫主义，从而把正在衰落中的“五四”浪漫主义思潮推向了一条新的发展路径。

冯至曾在提及京派概念时，对京派文人的士大夫气有比较精辟的描述：“三十年代京派的士大夫气是什么样子呢？……北平的一部分教授学者自命清高，不问时事，评文论道，不辞谈笑度年华。他们既不触犯统治者的逆鳞，更不捋及侵略者的虎须，起着给反动政府点缀升平的作用。实际上他们正是‘鱼游于沸鼎之中，燕巢于飞幕之上’”[②]京派文人的这种士大夫气所表现出来的文艺观就是超然的社会功利主义思想，也就是周作人所说的“独立的艺术美和无形功利”的“人生的艺术”观等。

到了 1933 年（民国二十二年），朱光潜在北平慈慧殿 3 号发起、组织了一个“读诗会”，每月一至二次，参加者有冰心、林徽因、凌叔华、朱自清、杨振声、俞平伯、冯至、梁宗岱、周作人、孙大雨、叶公超、沈从文、张兆

① 凌宇 . 沈从文创作思想价值论——写在沈从文百年诞辰之际 [J]. 文学评论，2002（06）.

② 冯至 . 冯至全集（第四卷）[M]. 石家庄：河北教育出版社，1999：365.

和、卞之琳、罗念生、废名、李健吾、何其芳、萧乾、周煦良、杨刚、林庚、陈世骤、曹葆华等，以及在北平的英国诗人尤连·伯罗等人。[①]读诗会直接促成了《大公报·文艺》副刊的“诗特刊”出版，对京派人文氛围的形成起了重要作用。“由杨振声建议，彼此熟悉的朋友每星期聚会一次，互通信息。也许是由于地点适中，选定敬节堂巷的冯至的家……大家聚会在一起，漫谈文艺问题和文学历史掌故，每次来参加这聚会的有杨振声、闻家驷、闻一多、沈从文、朱自清、卞之琳、孙毓棠、李广田等人。”[②]这种审美理想即使在战火硝烟的岁月一直没放弃。抗战胜利后，1946年下半年，大批的学人回到北平。姚可崑回忆，“许多教授住在当时的中老胡同宿舍，中老胡同宿舍里住的教授中，与我们熟识的贺麟、闻家驷、沈从文都是西南联大的同事，朱光潜是从武汉大学来的，陈占元是从广东来的。其中有的我们后来成为通家之好。”[③]

1947年6月，朱光潜编辑的《文学杂志》（1937年5月创刊）复刊，重组五人编委会，成员为杨振声、沈从文、

---

① 钱念孙．朱光潜——出世的精神与入世的事业 [M]. 北京：文津出版社，2004：283.

② 姚可崑．我与冯至 [M]. 南宁：广西教育出版社，1991：105.

③ 姚可崑．我与冯至 [M]. 南宁：广西教育出版社，1991：118.

朱光潜、冯至、姚可崑，常风仍任助理编辑。复刊《卷头语》是这样发出集合号的："我们的目标在原刊第一期已表明过，就是采取宽大自由而严肃的态度，集合全国作者和读者的力量，来培养成一个较合理想的文学刊物，借此在一般民众中树立一个健康的纯正的文学风气。"①

1946 年下半年以后，冯至与沈从文由于居住地理环境的接近，其交往程度已非一般朋友所能及。姚可崑回忆："到了中老胡同宿舍，朝夕相处，二人谈文艺，谈小摊上买来的古董，谈民间艺术，他谈话声音很低，却津津有味。……也许实在忙不过来，他把编辑《大公报・星期文艺》的工作让给冯至，冯至从 1947 年 4 月 6 日的第二十六期编到 1948 年 9 月第一百期。"②

京派作家圈子中，亦师亦友的现象时有发生。在临近解放时期的北平，废名之子冯思纯回忆："父亲经常来往的还有朱光潜、游国恩、杨晦、袁家骅、徐祖正、杨振声这些老朋友。沈从文先生也常来聊天，有时他生病，还让他夫人代他来看看。冯至先生来得不多，但我知道父亲常

---

① 钱念孙 . 朱光潜——出世的精神与入世的事业 [M]. 北京：文津出版社，2004：288.

② 姚可崑 . 我与冯至 [M]. 南宁：广西教育出版社，1991：123-124.

去他那儿。”[①]

这种亦师亦友的关系使得他们可以享有一个共同的文化气候，使文学个性的追求渗透着几分人间情义，而且在办报办刊的学艺切磋中，在一种若隐若现的精神情怀的关照中发挥了风格导向、心得传授、情感沟通、精神激励和行动协调的多种效应，从而使得众多的京派文人间的读诗会、约稿会以及聚餐会也多少带点古代文人雅聚的味道。这滋润着京派作为文学流派的群体追求。

沈从文与京派作家文化价值观的同一性也就是在这种氛围中形成的。京派作家对超然的社会功利主义思想的追求，表现在文学创作中，追求的就是冲淡、恬静、和谐、均衡，追求诗化的写实，追求的就是融合现实主义、浪漫主义、古典主义的多种情趣，这在描绘沅水流域文化的沈从文经典作品中尤为明显。

沈从文说：“我只想造希腊小庙。选山地作基础，用坚硬石头堆砌它。精致、结实、匀称。形体虽小而不纤巧，是我理想的建筑。这神庙供奉的是‘人性’。”[②]山地、石头，讲的是沈从文小说中的素材来源于美轮美奂的湘西世界；

---

① 冯思纯 . 回忆父亲废名先生 [J]. 湖北文史，2003（2：176.

② 沈从文 . 从文小说习作选・代序 [M]. 良友图书印刷公司，1936.

精致、结实、匀称，讲的是沈从文对文体的一种追求；人性，讲的是沈从文文学创作宗旨；而小庙则和希腊神庙是分不开的，讲的是沈从文文学创作与世界经典艺术的精神联系。废名、沈从文等采取边缘人的立场，对中外文化传统作了新的取舍，这一切与他们的生存方式结合起来，构成了他们的创作不同于“五四”浪漫主义的特点。沈从文在写梦，他说：“我要写我自己的心和梦的历史。”[①]

杨义先生对京派作家的这种趣味曾经做过一个有意思的比喻：“以雾喻人生，要求作家不做苦海中的旅人，但做高岸上的看客，不见人世烟火，于功功利利无沾无碍，这就是京派理论家超越现实悲欢利害的纯然粹然的审美观”。[②]京派是学院派，超越派别之争，强烈的超然的社会功利主义思想使得他们持一种宽容的态度。他们在中外古今的文学中，选择他们所认为精华的东西加以融合，浪漫激情和古典法则相融，写实与抒情相融。在对京派文人的评价或者京派文人自我评价中，经常也可以看到他们比较清醒的超然的文学世界观，如周作人认为废名小说宜于在

---

① 沈从文．沈从文文集（第十卷）[M]. 广州：花城出版社，198：273.

② 杨义．京派海派综论（图志本）[M]. 北京：中国社会科学出版社，2003：162.

树荫下阅读，就是包含着闲适和隐逸的文学世界观的。沈从文反复陈述自己是乡下人，这折射着沈从文对乡土世界中自然人性的推崇，以及沈从文对现代城市文明所造成的人性异化和道德崩溃所持的一种批判精神。他们也呼喊：中国现在所需要的是一种新的节制和新的自由，去建造中国的新文明，也就是去复兴几千年前的旧文明，这样才与西方文化的希腊文明相合一……除此外，中国没有别的得救之道。[①] 在超然的社会功利主义思想影响下，京派文人以"骆驼"及到后面的"骆驼草"自居，在我们今天看来，这实际上是在提倡一种雍容、坚忍的文化精神。他们试图重新审视因"五四"狂躁对传统割裂而形成的文化的断层和文人迷惘和混乱、浮躁的心态，纠正"五四"新文化运动的功利性顽疾，在左与右之间寻找一条新的、与传统功利主义不同的超然的发展道路。

对于沈从文和京派大多数作家来说，自己的园地是他们最关心的东西，这也是京派文人群在特定的时间段，在创作中所表现出来的由审美思维进入理性思维所凝聚成的一种文体风格。在作家之间，由于自身的原因，其关注程点也是各异的。比如，沈从文称自己是 20 世纪中国的"最

---

① 周作人 . 雨天的书 · 生活之艺术 [M]. 北新书局，1925.

后一个浪漫派”[①]。《边城》是沈从文长期受压抑的感情的流露，是他唱给自己听，为了让自己的心感动得柔和起来的“情歌”。沈从文对个体生命也有感悟，生命是沈从文所遵循的一个价值准则。大多数京派文人在面临时代革命的冲击，思考生命这一主题时，往往从观念和心理上退居社会边缘。京派文人通过疏远时代、与政治斗争保持一定距离来获得乃至扩大个人心理自由的空间，而坚持他们“个人主义的浪漫主义”的创作方向。不言而喻，这必然地要遭受被社会革命时代冷落的命运。所以，新中国成立后，废名自己就曾不无愧意地表示：“我所写的东西主要的是个人的主观，确乎微不足道。”[②]鲁迅先生曾经于 1936 年 5 月在接受斯诺采访时，也把废名归入“无党派浪漫主义”[③]。梁宗岱也思考过这个命题，他说，一切伟大的诗都是直接诉诸人的整体，诉诸灵与肉，诉诸心灵与功能。这不仅仅是要得到一种美感的悦乐，而是要指引着去参悟宇宙和人生的奥妙。所说的参悟，也不仅仅诉诸理智而已，并且要直接诉诸感觉和想像，这种过程，“譬如食果，我们只感

---

① 沈从文 . 沈从文文集（第十卷）[M]. 广州：花城出版社，1984：294.

② 废名 . 冯文炳选集 [M]. 北京：人民文学出版社 .1984：94 页 .

③ 斯诺整理 . 鲁迅同斯诺谈话整理稿 [J]. 新文学史料 .1987（3）.

到甘芳与鲜美，但同时也得到了营养与滋补”[①]。参悟宇宙和生命的奥妙，应该可以说是大部分京派作家在文学创作中没有深入意识到的。参悟宇宙和生命的奥妙是一个孤独的过程，沈从文也有过孤独，他表现的是他作为“乡下人”自走上文坛后所走过的道路以及所遭遇的孤独感。沈从文孤独之时，是从改造民族角度寄托他的文学理想。冯至对孤独的体认，和沈从文有不同之处，他是从更深的意义上，揭示了人的觉醒过程和醒来的痛苦。

第二节　西南联大：从自发到自觉

北京大学吴晓东认为，《边城》是成熟度极高的中篇。“纵观沈从文1930年代的创作，中篇小说并不是最突出的，成就最高的应该是他的短篇小说，所以司马长风把沈从文誉为‘短篇小说之王’，至少在我看来，是实至名归。”[②]吴晓东在与唐伟的对话中特意提到了《灯》，他说，“我

① 梁宗岱．梁宗岱文集（第四辑）[M]．北京：中央编译出版社，2003：99.

② 吴晓东，唐伟．“细读”和“大写”——关于沈从文研究的访谈[J]．当代文坛，2018（5）：84.

个人感觉从《灯》开始，沈从文的短篇小说达到了一种明显的艺术自觉，在此之后像《萧萧》《贵生》等，也都非常出色。”[①]《灯》创作于 1942 年：

因为有一个穿青衣服的女人，常到住处来，见到桌上的一个旧式煤油灯，擦得非常清洁，想知道这灯被主人重视的理由，屋主人就告给这青衣女人关于这个灯的故事。

…… ……

我的厨子是个非常忠诚的中年人。年纪很青的时节，就随同我的父亲到过西北东北，去过蒙古，上过四川。他一个人又走过云南广西，在家乡，又看守过我祖父的坟墓，很有些年月。上年随了北伐军队过山东，在济南眼见日本军队对于平民所施的暴行，那时他在七十一团一个连上作司务长，一个晚上被机关枪的威胁，胡胡涂涂走出了团部，把一切东西全损失了。人既空手回到南京，听熟人说我在这里住，就写了信来，说是愿意来侍候我。

…… ……

既来到了我这里，我们要谈的话可多了。从我祖父谈起，一直到我父亲同他说过的还未出世的孙子，他都想在

① 吴晓东，唐伟.“细读”和“大写”——关于沈从文研究的访谈 [J]. 当代文坛，2018（5）：84.

一个时节里和我说到。他对于我家里的事永远不至于说厌，对于他自己的经历又永远不会说完。实在太动人了。请想想，一个差不多用脚走过半个中国的五十岁的人，看过庚子的变乱，看过辛亥革命，参加过革命北伐许多重要战争，跋涉过多少山水，吃过多少不同的饭，睡过多少异样的床，简直是一部永远翻看不完的名著！我的嗜好即刻就很深很深的染上了。只要一有空闲，我即刻就问他这样那样，只要问到，我得到的都是些十分动人的回答。

…… ……

这老兵，到这都会上来，因为衣服太不相称，我预备为他缝一点衣，问他欢喜要什么样子，他总不做声。有一次，知道我得了一笔稿费，才问我要了二十块钱。到晚上，不知从什么地方买了两套呢布中山服，一双旧皮靴，还有刺马轮，把我看时非常满意。

我说："你到这地方何必穿这个？你不是现役军官，也正像我一样，穿长还方便些。"

"我永远是军人。"

我有一个军官厨子，这句话的来源是这样发生的。

《灯》的主角是一个跟随过主人父亲的老兵，投奔到主人这里。老兵充当了主人的厨师，负责主人的起居及力所能及的一切事物，同时又是一个谈话聊天最好的伙伴，他改善主人伙食，叮嘱主人穿衣戴帽要整洁，尤其睡觉要规律，看到电灯经常断电，便出去为主人买了一只旧式油灯，这盏灯每天都被擦拭得很清洁。老兵看到主人没有媳妇，特别有心的去留意前来拜访的女士们，对她们极其殷勤有礼貌，看中的人却是与他人早已订婚了，心中满是失望。后来，战事又吃紧，老兵就找个理由说去南京玩玩，便再也没有回来。

《灯》讲述了一个简单的故事，在故事中，老兵像“灯”，照亮了主人的生活，温暖了主人的内心。从表面看，《灯》似乎采用了沈从文在上海生活的那段时期作为写作背景。上海期间，沈从文大部分时光要应对生存，焦虑这一心境在他和亲戚朋友的往来信件中看得十分清晰。我们不能说《灯》是沈从文对上海生活的复原，因为艺术创作并不完全等同于生活事实，那么，《灯》是不是沈从文对上海生活的反省呢，《灯》的写作目的是什么呢，我们不得而知。我们说，出版于 1934 年的《边城》中的船家少女翠翠身上，展现出的是人性的善良美好，而发表于 1942 年的《灯》中的老兵身上，展现出的也是人性的正直朴实、单纯优美。但《灯》的主题呈现多义性，这一多义性已经远远大于《边城》。在《灯》的主题中，我们从唯美主义，颓废主义的角度，可以看到，沈从文已经不是上海时期的“颓废主义者”，而是具有实践理性以及柔韧刚强性格的传统中国人；

从存在主义哲学角度解读，《灯》提出了“普通人性”的观念以及对人的终极关怀。沈从文当时所处的纷繁复杂的社会背景决定了《灯》作为文学作品，其意蕴的丰富性，决定了《灯》的主题不可能以某种单一化的观念和思想存在。沈从文自己对生活的丰富体验及其思想感情的丰富多样性自觉不自觉地通过《灯》表述出来，也导致该文的主题多样性。这种主题多样性的呈现，也说明了沈从文的文学创作经历了一个从自发到自觉地过程。抗战时期的作品，表达了沈从文自身的生存体验和对社会历史与现实的文化思考，其创作已经从沅水流域文化对他的创作心理、精神气质、文学风格潜移默化的影响走向自觉地开掘生活所在的地域文化。

细究沈从文从自发到自觉的创作历程，可以看出其一段时期内风格的落差，落差根由在于他对革命话语和政治语言的探寻。北平沦陷后，1937 年 8 月 11 日，沈从文接到教育部秘密通知，于次日化装作商人，和一批北大、清华的教授结伴逃离北平，向抗日后方转移，于 9 月初到达武昌。[①] 到武汉后，准备到湖南衡阳组办临时大学的北大、清华、南开熟人继续南行，沈从文则留在武汉，和萧乾、杨

---

① 沈从文．沈从文全集（第十八卷）[M]. 太原：北岳文艺出版社，2002：240.

振声一起编辑《大公报·文艺》副刊。这时候，发生了一件影响沈从文后阶段创作格局的事情。1981 年冬，沈从文在给张盛裕的一封信件中这样回忆，“我在武汉，听人传言延安方面欢迎十个作家去那边，曾有我在内。不久我们去长沙，便去拜访徐特老，问问情况。听他说到，战事估计会延长下去，不是三几年可望结束。乐意去延安当然欢迎，若有一定工作，去不了的，盼能搞点团结工作，也很好。”[①]沈从文是在当年 12 月的一天，与曹禺、孙伏园等一起从武汉前往长沙专程拜访八路军驻湘通讯处负责人徐特立。从 1930 年起，徐特立一直是我党教育部门的主要领导人，先后任中央苏区教育部代部长、部长、陕甘宁边区教育厅长、中共中央宣传部副部长（主管教育）。抗战爆发后，徐特立以八路军驻湘通讯处负责人身份从延安返回长沙，一时引起轰动，每日前来拜访探望者数以百计。徐特立热情地向沈从文一行宣传党的政策，终日长谈。我们无从想象沈从文、曹禺、孙伏园等人当时的心情，但我们可以看到，徐特立的言论对沈从文的影响是巨大的。这至少表现在两方面，一是按照徐特立的意见，沈从文来到沅陵，其时，其兄沈岳霖已经在沅陵置家，沈从文通过沈岳霖的关系邀

① 沈从文 . 沈从文全集（第十八卷）[M]. 太原：北岳文艺出版社，2002：313.

来了龙云飞（曾是凤凰县山江苗族首领，民众称之为“青帕苗王”，1937 年 9 月组织湘西革屯抗日救国军，任总指挥，1938 年 3 月任湖南省新编第 1 旅少将旅长）[①] 等同乡大佬，沈从文介绍了时下战事信息，然后提及，“家乡人责任重大艰巨，务必识大体，顾大局。尽全力支持这个有关国家存亡的战事，内部绝对不宜再乱。还得尽可能想方设法使得这个大后方及早安定下来。把外来公私机关、工厂和流离失所的难民，分别安排到各县合适的地方去。所有较大的建筑，如成千上万庙宇和祠堂，都应为他们开放，借此才可望把外来人心目中的‘匪区’印象除去。还能团结所有湘西十三县的社会贤达和知识分子，共同努力把地方搞好”[②]。沈从文为此事在沅陵逗留了一段时间。1938 年春，沈从文离开沅陵经贵州到达昆明。沈从文在昆明期间，一直关注着沅陵，关注战事是否影响沅陵。1939 年 4 月 20 日，他在致沈云麓的信件中说，“昆明市自经旬前一再空袭后，

---

① 1937 年，湘西苗民组织革屯武装运动，何键下台，时任省长张治中重新任用陈渠珍。1938 年，省政府任陈渠珍为沅陵行署主任，驻扎沅陵，招抚革屯军。1939 年，沅陵行署改为湘西绥靖公署，陈渠珍部队被改编为新编第六军，任命其为军长。陈渠珍以年事已高。未就职，龙云飞为陈渠珍的亲信。

② 沈从文 . 沈从文文集（第十一卷）[M]. 广州：花城出版社，1984：87.

日中之市，亦告停顿，多数人大白天惟以等候警报是事，别无可为，来日方长，各方面如此下去，无形损失，未免过大。沅陵闻亦日在警报中，想市面尚照常活动，当不至于有何不同也。”[①] 在沈从文邀同乡大佬相聚时隔半年之后，他仍牵挂于心，1939 年 6 月 5 日，他在致沈云麓的信件中说，“得余事不知如何，若实在难做，诸事去理想太远，末了或者还是拿出决心，走开了事，国家当前战事需人，与其将精力耗费于同人争意气，倒不如到前线与敌人拼杀一阵为痛快也。”[②] 徐特立的言论对沈从文的影响的第二个方面，应该是文学创作，他自己说，正是因为拜访了徐特立，“……《湘西》这本书，因此而写成，曾经得到各方面认可。六七十岁的人都明白这小书在家乡是起过好作用的”[③]。

在 20 世纪 30 年代初，沈从文作为自由主义的浪漫主义者，在自己的文学理想中，注入的是现代人的个性意识和自由观念，他把现代浪漫主义思潮引向了民族的传统，通过这种文学创作，所经历的是疏远时代、退居边缘的过程。

---

① 沈从文 . 沈从文全集（第十八卷）[M]. 太原：北岳文艺出版社，2002：357.

② 沈从文 . 沈从文全集（第十八卷）[M]. 太原：北岳文艺出版社，2002：372.

③ 沈从文 . 沈从文全集（第十八卷）[M]. 太原：北岳文艺出版社，2002：313.

对他这阶段的文学创作，我们可以辩证的分析，我们应该看到，20 世纪 30 年代初沈从文的文学创作，既是向传统的回归，又是朝现代化的方向发展。从自发到自觉的路是有迹可循的，比如他创作的《从文自传》（1932 年）。《从文自传》是他叙述自己生命来路的过程。张新颖对《从文自传》的评价是非常到位的，他说沈从文“由这样的来路也就找到和确立了这样一个自我。为什么要找到和确立自我？一个三十岁的人找到和确立自我，不是回顾，而是面向将来的，是为应付将来各种各样局面而准备好一个自我”[①]。

沈从文的文学和以鲁迅为代表的其他中国现代文学名家有所不同，鲁迅“铁屋”中的呐喊与反省有着强烈的“五四”话语特色，是对现代思想启蒙运动的困惑与反省。鲁迅意识的发展过程是探求人的精神自由与解放，其文学作品作为载体扮演了不可磨灭的功劳。沈从文的文学不是因对“五四”话语的反省才产生的，沈从文的文学“和个人的精神困难和情感苦恼有关，但更和现代民族国家的危机有关”[②]。

面对民族国家的危机，西南联大教授们的心境是不

① 张新颖．沈从文精读 [M]. 上海：复旦大学出版社，2005：4.

② 张新颖．沈从文精读 [M]. 上海：复旦大学出版社，2005：11.

一样的。太平洋战争爆发以后，日本军机空袭昆明的次数逐渐增多，不少教授避居于昆明郊区，沈从文、卞之琳等搬到了呈贡县的龙街。著名作家、文史专家，沈从文的学生刘北汜在《执拗的拓荒者》中回忆，“在昆明时，他已经是以多产知名，出版了几十种短篇小说的著名作家，已经是当时最高学府、著名的西南联合大学中文系的教授，讲授《现代新文学》《各体文习作》，也教一年级国文课……”1938 年 11 月的时候，张兆和与孩子们已经到了昆明。在致沈云麓的信件中，沈从文说，“住处同北方房子差不多，惟有楼，材料薄削，墙为黄土筑成，似不经轰炸，因此空袭来时，必向城外疏散，对孩子们倒顶好。因为出城即旷野，多牛羊放牧，极好看。”①

和很多人不同的是，除了对战争憎恶之外，沈从文对现实生活的理解还多了一份思辨色彩，这种色彩在沈从文的部分散文中得到体现。我们可以从沈从文《给一个在芒市服务的小学教员》中看到他别样的态度，“你不要因为职务卑微就感到自卑，不要因为事情平凡就感到自轻。国家正在苦难中挣扎，凡有做一个中国国民良心和气概的人，……一定得明白个人出路问题小，民族兴衰国家存亡

① 沈从文．沈从文全集（第十八卷）[M]. 太原：北岳文艺出版社，2002：336.

的问题大。……你活下一天，就得好好的尽职。不幸倒下了，就腾出空地，让更年轻勇敢的小朋友填补上去。个人可死去，必死去，国家民族却决不能灭亡，更不应该把四千年来祖先刈草焚林开辟出来的一片土地，听它断送到少数民族败类和少数顽固、糊涂、自私、懦弱读书人的消极颓废行为中去！”这种理性的现实态度，自觉的贯穿到了他的写作之中。沈从文到达昆明之后，写了散文集《湘西》（沈从文曾经满怀情绪的说，“我这本小书只能说是湘西沅水流域的杂记，书名用‘沅水流域识小录’，似乎还切题一点。”[①]），对沅水流域（沈从文认为，“说起湘西时，常常不免以沅水流域各县作主体，就是如地图所指，西南公路沿沅水由常德到晃县一段路。”[②]）的“人事”以及“生产’作了概括性介绍。《湘西》体现了沈从文的文化自觉，这点在《湘西》题记中表现明显：

“去乡约十五年，去年回到沅陵看看，新陈代谢，人事今昔情形不同已很多。然而另外又似乎有些情形还是一成不变。我心想：这些人被历史习惯所范围，所形成的一切若写它出来，当不是一种徒劳！因为在湘西我大约见过

① 沈从文．沈从文全集（第十一卷）[M]．太原：北岳文艺出版社，2002：327.

② 同上。

两百左右年青同乡，谈起国家大事、文坛掌故、海上繁华时，他们竟像比我还知道的很多。至于谈起桑梓情形，却茫然发呆。人人都知道说地方人不长进，老年多顽固堕落，青年多虚浮繁华，地方政治不良，苛捐杂税太多。可是都人云亦云，不知所谓。大家对于地方坏处缺少真正认识，对于地方好处更不会有何热烈爱好。即从青年知识分子一方面观察，不特知识理性难抬头，情感勇气也日见薄弱。……本人的心情实在很激动，很痛苦。觉得故乡山川风物如此美好，一般人民如此勤俭耐劳，并富于热忱与艺术爱美心，地下所蕴聚又如此丰富，实寄无限希望于未来。因此这本书的最好读者，也许应当是生于斯，长于斯，将来与这个地方荣枯永远不可分的同乡。"[①] 沈从文想通过写作取得"辟谬理惑"的效果，对地方政治和人事优点和弱点的辨析，是号召民众一改旧习，共同把地方搞好。我们说沈从文的文学自觉还是在于探寻"厚人伦、美教化"的价值地标，正如他自己所说，"我正在学习古来所谓哲人，虽活在世界上，却如何将精神加以培养，爱憎与世俗分离，独立阅世处世的态度。学认识自己，控制自己，为的是便于观察人生，了解人生。自己作到不忧，不乐，不俱，不私地步，

① 沈从文 . 沈从文全集（第十一卷）[M]. 太原：北岳文艺出版社，2002：330.

看一切就清楚许多。目前还不免常有所蔽，学养不到家，因此易为物囿。”[①] 这是沈从文 1938 年 8 月 19 日在昆明致张兆和的信，“易为物囿”点出了面对纷繁混乱的现实而易出现的迷茫。面对“现代世界”，他没有选择鲁迅式的道路，也没有产生巴金《家》那样指向性很明确的文学作品，沈从文试图尝试过沈从文式的文学突围，但现实比他想象的更残酷．虽然经历了文学从自发到自觉的艰难历程，但在 20 世纪 40 年代前后，他依然无从摆脱的生命痛苦，昆明时期的散文《烛虚》《潜渊》《长庚》《生命》和《绿魇》《白魇》《黑魇》《青色魇》对此有着非常痛切的表述。

---

① 沈从文．沈从文全集（第十一卷）[M]. 太原：北岳文艺出版社，2002：330.

第六章　实义——民族文化

沈从文最熟悉的文学场域依然是沅水流域，他的早期创作是将沅水流域上独特的生活现状和独特生命体验，带进了中国现代文学这一整体中来。沈从文的文学作品从国家和民族的意义上挖掘出在沅水流域文化生发与滋养下的湘西民众的深层心理积淀，这种深层心理积淀作为沅水流域群体的集体心理，其存在和沈从文所期待的变更，正是沅水流域文化意蕴的价值所爱。在抗战正酣之时，我们从他的经典作品中，能够发现一种强烈的现代意识，这包括重视沅水流域人民的历史作用，包括强调“人”自我觉醒的个性解放思想。沈从文最关注的还是民族意识的显现，民族文化的传承。也正是这种意识的形成，使得沈从文的文学作品具备了产生了影响世界的作品的可能。沈从文与同时代的其他作家在主题上基本是保持一致的，依然在延续“五四”文学中的批判国民性传统，将文化批判和社会批判结合起来，发扬时代精神，张扬生命意识。

第一节　人性的探索

1933 年到 1934 年，沈从文的湘西之行和他以前的返乡有所不同，他目睹了湘西社会的巨大变化，这种变化体现在现代文明对社会人性的侵蚀，因此他开始思考湘西社会发生变化的原因。面对现实的不安使得他越来越关注中国国家的基本问题，而这种不安也来源于他的悲悯情怀。沈从文在 20 世纪 80 年代初的时候，在与友人的信件中，围绕契诃夫和其习作差别，曾经说，自己和契诃夫“性格上可能也有些相近处。虽然教育不同，生活背景也不相同，对人生抱一种悲悯心情，似乎有些相近处。他是个医生，身体又多病，笔下涉及的旧俄农村社会种种，特别是下层人民，总充满了悲悯同情。我是从小就在各种穷困中活过来的人，某些方面更容易对他们感到一种亲切的爱。对于他们的喜怒哀乐，也更贴心一些”[①]。这种亲切的爱，不是指代一个人，也不是指代一种类型的人，而是沅水流域的一个复数以及这个复数群体展现出来的文化状态。对于沈从文叙述中的这个典型而重要的特征，张新颖也这样认为，“他写的不是某一个具体的妓女和水手，也不是具体的某

① 沈从文．沈从文全集（第二十六卷）[M]. 太原：北岳文艺出版社，2002：92.

时某刻的场景，他写的是复数，是常态，但奇妙的是，这对于复数和常态的叙述却异常逼真。不同于一般对复数人物和常态情景叙述的平板和面目模糊，沈从文的叙述，能以非常生动鲜活的细节和特殊性处理，达到复数人物和常态情景的具体性。这样的叙述特征，在沈从文的许多作品里都能见到。在这里他通过写复数妓女的常态生活而见山城的风俗人情，也见一种不同的道德、价值和文化。”[①] 按理说，沈从文文学作品里面的人物，应该处在被启蒙的位置，但有研究者认为，沈从文颠倒了被启蒙和启蒙的关系，叙述者却常常从作品人物身上受到“感动”和“教育”。沈从文作品的叙述者，常常又是与作者统一的，或者就是同一个人。这种写作景况类似于福楼拜创作《包法利夫人》时那种不能自拔的心境。也许还类似于笛福，因为“笛福总是把他的小说伪装成真正的自传，这反映了他对真正传记的高度重视。他所使用的叙事结构类型，使他不得不沉浸在《摩尔·弗兰德斯》就是一个真人的传记这种假托之中，因此，一个插叙式的但又逼真的情节顺序是不可避免的”[②]。

① 张新颖．沈从文精读 [M]. 上海：复旦大学出版社，2005：100.

② 〔美〕伊恩·P. 瓦特．小说的兴起—笛福、理查逊、菲尔丁研究 [M]. 北京：三联书店，1992：117.

“任何人类文化，作为特定民族的具体文化形态来看，都是有其特殊性、因而有其局限性的。”[①] 沅水流域文化也不例外。战争破坏了沅水流域各民族的文化形态，民族的特殊性渐渐消融，同时战争也不可能让沈从文忘怀于大众、超然于社会。他把文化教养的自觉，视为文化价值的内在尺度；把文化的工具价值转化为文学实践中一种固有的矛盾冲突。遵守文化传统和恪守文化教养，这使他没有走向现实，而是将现实矛盾转化为审美关照的文化态度，跨入传统文化的殿堂。

沈从文创作《长河》，也许是期望达到“启蒙”的效果，促成湘西人民自我意识的建立，达到个体意识的独立化。从这个角度很容易让人比较但丁和沈从文，有研究者认为但丁是世界历史的观察者和评论者，在《神曲·天堂篇》中，但丁认为自己“采用我所有的艺术和经验，仍不足以描写出我的印象”，《神曲》标志着西方人个体意识的再次觉醒；而同样用肉眼和心灵感受创作出来的《长河》，也掺杂着作者个人的爱憎、热情和理想、痛苦和欢乐、怜悯和真诚。《长河》又何尝不是沈从文理想中的人格完成史呢？对待《长河》的创作态度和沈从文对待传统的中国文化应该是有关

① 邓晓芒，易中天．黄与蓝的交响：中美学比较论 [M]. 北京：人民文学出版社，1999：10.

联的，“在本质上，沈从文的确‘安于接受传统的中国文化’，在这一点上，他与胡适、梁实秋们在精神上其实是相当一致的。所不同的是，后者看重的是传统文化中的雅文化（上层的，士大夫的），而沈从文喜好的是传统文化中的俗文化（下层的，民间的）。或者换个说法，沈从文喜欢的传统文化是未经学术包装的”①。

湘西晒谷的老人

沈从文的每次湘西之行都是人性的探索之旅。沈从文在《散文选译·序》中说，“中日战事发生后，二十六年

① 余斌.西南联大·昆明记忆：文人与文坛[M].昆明：云南民族出版社，2003：56.

的冬天，我又有机会回到湘西，并且在沅水中部一个县城[①]住了约四个月。住处恰当水陆要冲，耳目见闻复多，湘西在战争发展中的种种变迁，以及地方问题如何由混乱中除旧布新，渐上轨道，我都有机会知道得清清楚楚，还有那个无可克服的根本弱点，问题所在，我也完全明白。”即使到20世纪80年代，他依然坚持自己的观点，他说，“至于我在我的自传提到的湘西人呢——讲我们凤凰人啊，又讲到湘西——各自为战到外面打仗都相当能干，合力同功是顶差的，这个不是湖南了，这个限于湘西我所熟悉的一个范围。”[②]

也是从这个时间段开始，他的湘西题材小说开始被置于一个宏大的时代主题背景之上，这种变化是因为知识分子精神的演化。于沈从文自身来说，内心深处存在着一种追求理想，尊重人性的知识分子精神，这种知识分子精神是为了国家和人民利益的，是最本质意义的爱国情怀。

我们可以看到，在《长河》题记中，沈从文不无忧郁，“农村社会所保有那点正直朴素人情美，几乎快要消失无余，代替而来的却是近二十年实际社会培养成功的一种唯实唯

---

① 即沅陵。

② 王亚蓉 . 沈从文晚年口述 [M]. 西安：陕西师范大学出版社，2003：63.

利庸俗人生观。敬鬼神畏天命的迷信固然已经被常识所摧毁，然而做人时的义利取舍是非辨别也随同泯灭了。‘现代’二字已到了湘西，可是具体的东西，不过是点缀都市文明的奢侈品大量输入，上等纸烟和各样罐头在各阶层间作广泛的消费。抽象的东西，竟只有流行政治中的公文八股和交际世故。”沈从文对沅水流域农村社会的认知提供了中国现代作家认知“现代性”的另一种视野。同时代其他文人眼光是各不相同的，胡适或者吴宓的“现代性”有着天然的局限性，郭沫若是把追求一种新人，同追求一个光明的新社会结合起来，作为沈从文好友的郁达夫是把发展人的个性同改造社会结合起来，鲁迅的“现代性”是把揭露“国民性”的弱点与揭露“国民性”堕落的病根结合起来，沈从文对“现代性”或深或浅的认知，“复杂化了对中国‘现代性’的理解和体认，从而有助于把一个非同质化的‘现代’范畴引入到中国现代历史的进程中来”[①]。

沈从文人性探索之旅的落脚点是乡村。1936 年，梁漱溟作《乡村建设大意》，对当时乡村建设情况进行了介绍，他说，“中国人民与西洋人见面之后，中国文化便发生了变化，自变法维新一直到现在，其中有好几次的变化，

① 陈平原，〔日〕山口守．大众传媒与现代文学 [M]. 北京：新世界出版社，2002：432.

有好些地方变化；尤其是近几年来，更一天一天地在那里加深加重加速地变，这样也变，那样也变，三年一变，二年一变，孙猴子有七一十二变，中国人变的也和他差不多了 ...... 旧的玩艺儿几乎通统被变的没有了！中国乡村就在这一变再变七十二变中被破坏了。"[①] 梁漱溟说得通俗易懂，他认为当时乡村建设运动的兴起，起于乡村的破坏、而引起乡村破坏的原因有两点，一是天灾人祸，二是风气改变。梁漱溟是一个以农立国论者，在当时，以农立国论是一种具有普遍意义的社会经济思潮，"其特征为反都市化和工业化，憎恶现代工业社会和都市生活，向往或企图维护和恢复农村那田园牧歌式的生活情趣和生产方式"[②]。其实，沈从文和梁漱溟一样看到了现实，想到了教育农民，组织农民，解决乡村问题，但沈从文更多的是想从文化重建的角度探索解决问题的路径。按照余英时的观点，"基于我们今天对文化的认识，中国文化重建的问题事实上可以归结为中国传统的基本价值与中心观念在现代化的要求之下如何调整与转化的问题。这样的大问题自然不是单凭文字

① 梁漱溟 . 梁漱溟全集 [M]. 济南：山东人民出版社，2005：194.

② 郑大华 . 梁漱溟学术思想评传 [M]. 北京：北京图书馆出版社，1999：227.

语言便能完全解决的，生活的实践尤其重要。但是历史告诉我们，思想的自觉依然是具有关键性的作用的”[①]。许多研究者认为，沈从文目睹的湘西社会的剧变、中国传统文化的衰落，是外来文化冲击下的蜕变历程；还有研究者认为，这应该归咎于无可避免的历史命运，具体原因不一而论。余英时倒有一种见解，“文化重建必须建立在对中西文化的真实了解的基础之上……就文化重建的主观条件言，我们首先必须调整观念，尽量保持一种开放的心灵。”[②]沈从文是不是持一种开放的心态呢，我们不得而知。

我们知道，沈从文在对沅水流域乡村世界及其人生视景的小说中，是有几种类型的，《边城》《龙朱》《媚金，豹子与那羊》等是围绕湘西古老的文化习俗、蛮荒的自然环境以及人们原始的生命形态来塑造生命主体；而《会明》《灯》等则表现了老兵与小兵的生活面影和精神状态；《柏子》《萧萧》等描画的是湘西进入封建宗法社会后，下层人民人生形态所透漏的那份庄严与悲凉；《丈夫》《菜园》等表现的是农民的“性格灵魂被时代大力所压，失去了原

---

① 余英时．文史传统与文化重建 [M]. 北京：三联书店，2004：430.

② 余英时．文史传统与文化重建 [M]. 北京：三联书店，2004：438.

来的朴质、勤俭、和平、正直的型范”；到了《长河》，则深深烙上抗战的印痕，使人“听到时代的锣鼓，鉴察人性的洞府，生存的喜悦，毁灭的哀愁”（司马长风语）。按照叔本华的观点，“一件艺术品的美在于，它高举一面清彻的镜子，反映某些这世界一般固有的观念；一首诗歌作品的美尤其在于：它解释人类固有的观念，从面导引人类对这些观念有所了解。”[①] 和沈从文同时代的许多作家，在这一阶段的创作中，要么是仍旧对个性主义满怀着感情，要么是仍旧不认识改造中国社会的正确途径，在字里行间，追求个性解放的主人公另寻出路或者没有出路的悲剧人物比比皆是。与这些作家相比，《长河》的出现具有一种别样的意义。《长河》的确是镜子，的确也导引人们对这些观念有所了解，作为优秀的艺术品，它的美定格在了中国现代文学长廊。

沈从文人性探索之旅是与文化重建紧密相联的，考察《长河》的意义还在于这是探究沈从文文化重建的一个逻辑起点。吴晓东认为，“对《长河》的概括应该至少包含两个方面：一方面《长河》是一部试图以江河小说的形式写湘西地方史的地域主义小说，另一方面，《长河》中建

---

① 〔德〕叔本华 . 叔本华论说文集 [M]. 北京：商务印书馆，1999：644.

构的对‘国家’以及‘现代’范畴的想象，则使小说表现出超越湘西一隅的更广阔的政治与文化的包容性视野。”[①]沈从文的观念和视野经历了一个从湘西走向世界，再由世界回望湘西的过程，有的学者突出强调沈从文的文化视野，忽略了在诸如《长河》这类作品中表现出的对国家、对社会的关怀和热情；有的学者强调沈从文作品的地域性特征，而忽略《长河》在国家与现代想象问题上的复杂性。在《长河》所构成的话语空间中，传统与现代，激进与守成的维度又掺杂在国家与湘西话语之间，偏居一隅的湘西社会走向何处，一直是沈从文思考的话题。通过《长河》的创作，沈从文把湘西的命运与国家的命运紧密联系在一起，到他写作《云南看云集·给一个在芒市服务的小学教员》时，描写“旺盛的生命活力”和“真挚爱情”的作品不复出现，描写优美健全人性的作品开始让位。进入都市后，沈从文曾经感叹自己的生命“有一半为都市生活所吞啮”，而此时，我们能够感觉，沈从文原本就有的雄强精神已经回归，人的社会属性和精神属性已经重于自然属性，民族救亡已经成为他生活中的主色调。他说，“国家正在苦难中挣扎，凡有做一个中国国民良心和气概的人，……一定得明白个

① 陈平原，〔日〕山口守 . 大众传媒与现代文学 [M]. 北京：新世界出版社，2002：430-431.

人出路问题小，民族兴衰国家存亡的问题大。……你活下一天，就得好好的尽职。不幸倒下了，就腾出空地，让更年轻勇敢的小朋友填补上去。个人可死去，必死去，国家民族却决不能灭亡，更不应该把四千年来祖先刈草焚林开辟出来的一片土地，听它断送到少数民族败类和少数顽固、糊涂、自私、懦弱读书人的消极颓废行为中去！”

第二节　国民性重构

近代中国改造国民性思潮的发展历程是坎坷的，那些艰苦思辨的学人一直在负重前行。例如，晚清以严复、梁启超等为代表的知识分子希望借“国民性”的改造来提高国民的素质。甲午中日战争之后，严复在天津《直报》[①]上连续发表《原强》等一系列文章，称“所可悲者，民智之已下，民德之已衰，与民气之已困耳”[②]。严复对“民智、

① 清末德国人在华出版的中文报纸。1895 年 1 月创刊于天津。由德国人汉纳根（Con-stantin Hannekan）创办，每日发行。第一页为言论版，在 1895 年 2 月 4 日至 5 月 1 日间，连续发表严复的著名文章《原强》《救亡决论》等文。

② 严复 . 严复集 [M]. 沈阳：辽宁人民出版社，1994：12.

民德、民气”的概述，奠定了晚清启蒙主义的基调，奏响了国民性改造思潮的先声。梁启超是从建立一个强大的民族国家的角度提出对国民的新要求。儒家的经世精神影响了梁启超，他文学思想中的一个基本的文学命题就是文学是国民精神的表现。他所倡导的“新民说”是一种以“合群救国”为中心的人格理想，这种人格理想注重以对国家民族有用为价值取向的道德规范。在梁启超的《译印政治小说·序》中，还认为“小说为国民之魂”。梁启超的文学观念对当时乃至后世的文学观念和思维方式产生了深远的影响。

1903 年，王国维发表《论教育之宗旨》，他认为，“德育与智育之必要，人人知之，至于美育有不得不一言者。盖人心之动，无不束缚于一己之利害；独美之为物，使人忘一己之利害而入高尚纯洁之域，此最纯粹之快乐也。”[①] 早在 1907 年，鲁迅在《摩罗诗力说》中也批判了老子学说对造成中国人“蜷伏堕落”以及不思进取”的性格的影响。到 1906 年，鲁迅认为，“我们的第一要著，是在改变他们的精神，而善于改变精神的是，我那时以为当然要推文

① 王国维 . 王国维文集（第三卷）[M]. 北京：中国文史出版社，1997：58.

艺。”[①] 民主革命的先躯者陈独秀早期从挽救民族危机的立足点出发，将改造中国的“国民性”作为救国方案之一。1919年，李大钊在《我与世界》中说，“我们现在所要求的，是个解放的自我，和一个人人相爱的世界。介在我与世界中间的家园、阶级、族界，都是进化的阻碍，生活的烦累，应该逐渐废除。”[②] 李大钊的理想世界与沈从文用文字编制出来的梦是相通的。1925年，鲁迅在《论睁了眼看》中又说，“文艺是国民精神所发的火光，同时也是引导国民精神的前途的灯火。”[③] 这种灯火指引了沈从文在文学之旅上的艰难跋涉。

中国现代文学是在西方文化示范效应作用之下开始现代化之旅的，中国现代文学初期发展的过程，就是在“启蒙”与“救亡”这种双重期待中产生裂变与转型的过程。鲁迅、沈从文等将目光聚焦于乡土中国时，就注定了中西文化比较视野的介入。中国传统文化、西方文化隐性视角与标记了沅水流域文化色彩的乡土小说，是沈从文在自身小说发

---

① 鲁迅 . 鲁迅全集（第一卷）[M]. 北京：人民文学出版社，1981：416-417.

② 《丛刊》编辑部 .《中国现代文学研究丛刊》30年精编：作家作品研究卷（上）[M]. 复旦大学出版社，2009：212

③ 鲁迅 . 鲁迅全集（第一卷）[M]. 北京：人民文学出版社，1981：240.

展上与众不同的别样内在思路。

当沈从文辗转于京沪时，正值西方思潮深度影响中国，中西文化正激烈碰撞之时，他摆脱了传统的束缚，但一直坚守沅水流域传统文化操守，又有选择性的弃旧纳新。20世纪40年代，沈从文是从两个维度探索民族人格重构，第一个维度是“向虚空凝眸”去体悟生命的最完美形态，第二个维度是“向人生远景凝眸”去领悟民族人格重造的方式。我们现在可以看到，这两个维度都注定是难以与现代社会相融的。沈从文的可取之处在于他认为，“追究生命意义时，即不可免与一切习惯秩序冲突。”[①] 要解决当前社会政治和人的问题，“需要一种美和爱的新的宗教”，即“人的重造”。

站在20世纪三四十年代中国人文思想发展的制高点，沈从文以自信的眼光俯瞰自己目光所及，独辟蹊径，寻觅时空最佳点，开辟了乡土文学新的里程碑。传统研究聚焦沈从文小说中的少数民族和地方的问题，认为这种个体与整体的关系刻画了1933年之后沈从文走向“国家认同”的转变过程：苗族最终转化为“中华民族”，地方成了重造民族国家的重要资源。需要指出的是，吴晓东和刘洪涛都认为，沈从文的这种“认同”是一种反省式、建构性的认同，

---

① 沈从文.沈从文全集（第十二卷）[M].太原：北岳文艺出版社，2002：42.

内在地容纳着对各种“现代”模式的批判。[①]

沈从文的国民性重构理念，体现在他的文学创作中，《边城》与《湘行散记》作为他小说与散文作品中的经典，均是在有感于故乡在现代文明冲击下的“下行趋势”这么一种特殊背景下创作而成。行云流水的文笔中散发着沈从文对现实人生的感慨和对沅水流域民族生命中神性的感悟，沈从文个人的隐忧与担心与沅水流域人民共同的隐忧与担心交织在一起的复杂情感，抒发的是重塑民族精神的强烈心声。

沈从文的国民性重构理念，也体现在他与家人、好友的往来信件中。比如，1939 年 4 月，他在致沈荃的信中说，“然为远大利益计，凡属家乡中自私自利打算，务必想法压下，更想法给彼等输入一国家高于一切观念，才是道理。放手不问，坐视地方糜烂，将来不受敌人蹂躏，亦为家乡不肖子弟破坏，就良心言，恐亦不能独善其身，无疚于心一也。”[②] 这段话说的是在国破家亡之际，人不能独善其身，传播的是中国传统文化中“天下兴亡，匹夫有责”的担当。

---

① 黄锐杰．“湘西”背后的“民族”与“国家”——由近三十年沈从文研究的流变谈起 [J]. 当代文坛，2018（5）：98.

② 沈从文．沈从文全集（第十八卷）[M]. 太原：北岳文艺出版社，2002：362.

再比如，1939 年 5 月，他在回复复沈云麓的的信中说，“信见到，知平安。得余事不知如何。地方事多迁就习惯，不能重新作一计划，凡事以人才为主，求进步改良，尚因袭过去方式，将来一切，只好听天安命。得余若不得已要走路，只好走路，总莫因自己无所成就，即不合作。凡事既如此，且想为地方建设一点未来希望，不能一受挫折遽尔灰心！”[①] 这段话说的是怎么样改变人的劣根性，凡事要求进步改良。到 1947 年 10 月，他在致地下党员徐盈的信中说，“国家在变化中，从我们这一代看来，总以为如能由战争外平衡矛盾，或可减少些消耗牺牲。但势不可能，末了是到处着火。我很羡慕更年轻些的，能用一种赤忱诅咒当前而迎接未来。”[②] 他对国民性重构的思索在这时已经告一段落，在迎接新中国的曙光时，他清晰地看见了自己的不足，“我们无论如何自私自固于小小天地，终不能不对于这个发展怀着敬意也”[③]。

沈从文认为自己是“人性的治疗者”，他注重“民族

---

① 沈从文 . 沈从文全集（第十八卷）[M]. 太原：北岳文艺出版社，2002：363.

② 沈从文 . 沈从文全集（第十八卷）[M]. 太原：北岳文艺出版社，2002：478.

③ 沈从文 . 沈从文全集（第十八卷）[M]. 太原：北岳文艺出版社，2002：518.

精神的重造”。作为沈从文挚友的京派理论家朱光潜是在沈从文创作的高峰期回国的，他在《谈美·开场话》中的一席话，也许更能从另一个侧面表达京派文学代表作家沈从文的审美救世理想：“情感比理智重要，要洗刷人心，并非几句道德家言所可了事，一定要从‘怡情养性’做起，一定要于饱食暖衣、高官厚禄等等之外，别有较高尚、较纯洁的企求。要求人心净化，先要求人生美化。”[①]朱光潜“人生美化”的主张自有其阶级局限性，也许正是这种同样的局限性，作为“人性的治疗者”的沈从文“在当时文学与政治联系日益紧密的社会现实中，这不可避免地使他陷入了力图摆脱政治而又无能为力的尴尬境地”[②]。

虽然处于一种尴尬境地，但沈从文笔下的人性是美的。我们知道，鲁迅将中国的国民性剖析得淋漓尽致，这不待言；周作人主张灵肉一体的完整的人性，认为表现男女平等、自由恋爱、天性的亲子之爱的文学是才是人道的文学，其作品写出人性的弱点，道出生活的至理；废名作品主题的延伸上大多有着其特有的人性美母题。而沈从文笔下的这

① 朱光潜．朱光潜美学文集（第一卷）[M]. 上海：上海文艺出版社，1982：446.

② 吴立昌．沈从文——建筑人性神庙 [M]. 上海：复旦大学出版社，1991：113.

种美，是来自于他所追求的是基于希腊神庙般理想的世界，这个世界里充满了善良与赤诚，正义与纯洁，光明与真理。在沈从文作品《短篇小说》中，他认为，“一个好的文学作品，照例会使人觉得在真美感觉以外，还有一种引人‘向善’的力量。我说的‘向善’，这个词的意思，并不属于社会道德一方面‘做好人’的理想，我指的是这个：读者从作品中接触了另外一种人生，从这种人生景象中有所启示，对‘人生’或‘生命’能作更深的理解。”[①]沈从文既是学者，也是思想家，特别是一系列洋溢着沅水流域文化特色的文艺作品承担了国民精神与情感的重建。沈从文渴望通过塑造高尚与完整的文化人格达到改造社会、振兴民族的目的，这几乎是他和京派同人共同的梦想。沈从文是小说家，也是文学理论家，在国民性重构的实践中，他更像实干家，他期盼“煽起更年轻一辈做人的热诚，激发其生命的抽象搜寻，对人类明日未来向上合理的一切设计，都能产生一种崇高庄严感情。国家民族的重造问题，方不至于成为具文，为空话”[②]。“五四”运动之后的文学批评家，对文学的思

① 沈从文 . 沈从文文集（第十二卷）[M]. 广州：花城出版社，1984：114.

② 沈从文 . 沈从文文集（第十一卷）[M]. 广州：花城出版社，1984：379.

考一般存在两种维度，要么是社会功能论的，要么是审美价值论的，沈从文的立场，是基于一定程度交错的这两种维度。

陈独秀在为谢无量长篇律诗《寄会稽山人八十四韵》写的“记者识”中说：“文学者，国民最高精神之表现也”，沈从文秉持的就是这种精神。沈从文是学者，他的文学天赋使中国现代文学长廊熠熠闪光，他更是思想家，他提出用“小说”来代替“经典”的主张[①]。叔本华说，“所谓学者，就是在书本里做学问的人。而思想家或天才则是径直深入自然之书的人；正是他们启迪了整个世界，并使人性得到进一步发展。”[②]叔本华的这段话恰恰是对沈从文的最好写照！在诸多评价沈从文的话语中，笔者最喜欢吴晓东先生的评价，他说，“从沈从文一生的追求来看，我觉得他还是一个特别有道义感，有伦理担当和历史担当的‘知识者’——和‘文学者’相对应。”[③]

---

① 沈从文．沈从文文集（第十二卷）[M]. 广州：花城出版社，1984：115.

② 〔德〕叔本华．论说文集 [M]. 北京：商务印书馆，1999：346.

③ 吴晓东，唐伟．“细读”和“大写”——关于沈从文研究的访谈 [J]. 当代文坛，2018（5）：85.

附　录

1924–1946 沈从文经典作品（小说、戏剧）[1]

1.《鸭子》1926 年 11 月，由北新书局初版，为无须社丛书之一。

原目包括戏剧 10 出、小说 9 篇、散文 8 篇，诗歌 5 篇。

戏剧：《盲人》《野店》《赌徒》《卖糖复卖蔗》《霄神》《羊羔》《鸭子》《蟋蟀》《三兽窣堵波》；

小说：《雨》《往事》《玫瑰与九妹》《夜渔》《代狗》《腊八粥》《船上》《占领》《槐化镇》；

散文：《月下》《小草与浮萍》《到北海去》《遥夜（一及二）》《水车》《一天》《生之记录》；

诗歌：《残冬》《春月》《薄暮》《萤火》《我喜欢你》。

2.《蜜柑》1927 年 9 月由上海新月书店初版，1928 年 5 月再版。

---

① 据《沈从文全集》（北岳文艺出版社，2002）录入。

原目包括作品 9 篇：《序》[1]《初八那日》《晨》《早餐》《蜜柑》《乾生的爱》《看爱人去》《草绳》《猎野猪的故事》。

3.《入伍后》1928 年 2 月由北新书局初版。

原目包括作品 10 篇：《入伍后》《我的小学教育》《岚生同岚生太太》《松子君》《屠桌边》《炉边》《记陆弢》《传事兵》和《过年》（戏剧）、《蒙恩的孩子》（戏剧）。

4.1925 年至 1926 年间另发表小说 9 篇、戏剧 1 出。

小说:《公寓中》《绝食以后》《莲蓬》《第二个狒狒》《用A 字记录下来的事》《白丁》《棉鞋》《重君》《一个晚会》。

戏剧：《母亲》。

5.《老实人》1928 年 7 月由上海现代书局初版。1932 年 11 月由新中国书局再次出版时，书名改为《一个妇人的日记》。

原目包括作品 9 篇：《自序》《船上岸上》《雪》《连长》《我的邻》《在私塾》《老实人》《一件心的罪孽》《一个妇人的日记》。

6.《好管闲事的人》1928 年 7 月由上海新月书店初版。

原目包括作品 6 篇：《好管闲事的人》《或人的太太》《焕乎先生》《喽啰》《怯汉》《卒伍》《爹爹》。

---

① 初版中序无标题。

7.《篁君日记》1928 年 9 月由北平文化学社出版。

这是一个一个独立中篇。篇中《记五月三日晚上》以前部分，最初分 12 次连载于 1927 年 7 月 13 日至 9 月 4 日《晨报·副刊》，署名璇若。

8.1925 年至 1928 年间另发表小说 10 篇。

《福生》《画师家兄》《更夫阿韩》《瑞龙》《赌道》《堂兄》《往昔之梦》《黎明》《哨兵》《屠夫》。

9.《阿丽思中国游记》（第一卷），原书无卷次标志。最初发表于 1928 年 3 月 10 日至 6 月 10 日《新月》第 1 卷 1—4 号，署名沈从文。1928 年 7 月由上海新月书店初版。

10.《阿丽思中国游记》（第二卷），最初发表于 1928 年 7 月 10 日至 10 月 10《新月》第 1 卷 5—8 号，署名沈从文。1928 年 12 月由上海新月书店初版。

11.《雨后及其他》，1928 年 10 月由上海春潮书局初版。为“二百零四号丛书之四”。

原目包括作品 6 篇：《雨后》《柏子》《第一次作男人的那个人》《有学问的人》《诱—拒》《某夫妇》。

12.《山鬼》中的前三部分发表于 1927 年 7 月 16 日、23 日《现代评论》第 6 卷，第 133—137 期，署名为琳。

1928 年 10 月，全文由上海光华书局出版单行本。1936 年 1 月上海大光书局印行《从文小说集》时，曾以《一个神秘的颠子》为篇名，收入《山鬼》全文。

13.《长夏》1927 年 8 月 1 日至 6 日 6 次连载于《晨报副刊》，署名何远驹。1928 年 10 月由上海光华书局初版《长夏》单行本。

14.《不死日记》1928 年 12 月由上海人间书店初版，为“二百零四号丛书之二”。

原目包括作品 4 篇：《献辞》《不死日记》《中年》《善钟里的生活》。

15.《呆官日记》为中篇小说单行本，1929 年 1 月由上海远东图书公司初版。为“二百零四号丛书之六”。

16.《男子须知》1929 年 2 月由上海红黑出版处初版，为红黑丛书之二。

原目包括作品 2 篇：《男子须知》《除夕》。《男子须知》，上海商务印书馆曾以《押寨夫人》为书名于 1927 年出版。

17.《十四夜间及其他》1929 年 3 月由上海光华书局初版。

原目包括作品 4 篇：《或人的家庭》（小说）、《刽子手》（戏剧）、《十四夜间》（小说）、《支吾》（戏剧）。

18.《旅店及其他》1930 年 1 月由中华书局初版。

原目包括作品 6 篇：《结婚之前》《旅店》《阿金》《七个野人与最后一个迎春节》《记一大学生》《元宵》。

19.1928—1931 年间另发表小说 5 篇。

《采蕨》《一只船》《逃的前一天》《一个女人》及《一

个体面的军人》。

20.《一个天才的通信》1930年2月由上海光华书局初版。

原目包括作品2篇：《编者序》《一个天才的通信》。

21.《沈从文甲集》1930年6月由神州国光社初版。

原目包括作品7篇：《冬的空间》《第四》《夜》《自杀的故事》《牛》《会明》《我的教育》。

22.《石子船》1931年1月由上海中华书局初版，为新文艺丛书。

原目包括作品7篇：《石子船》《夜》《还乡》《渔》《道师与道场》《一日的故事》《后记》。

23.《龙朱》1931年8月由上海晓星书店初版。

原目包括作品5篇：《龙朱》《参军》《媚金·豹子·与那羊》《阙名故事》《说故事人的故事》。

24. 1925—1932年间另发表小说10篇。

《三贝先生家训》《崖下诗人——摘自一个庙老儿杂记》《副官》《宋代表》《菌子》《大城中的小事情》《血》《微波》《道德与智慧》《战争到某市以后》。

25.《旧梦》曾以《旧梦——到世界上之一》为题，分28次连载于1928年2月25日至9月29日《现代评论》第7卷第168期—第8卷第199期，署名懋琳。1930年12月由商务印书馆初版。

26.《沈从文子集》1931 年 5 月由新月书店初版。

原目包括作品 6 篇：《龙朱》《丈夫》《灯》《建设》《春天》《绅士的太太》。

27.《一个女剧员的生活》曾发表于 1930 年 10 月至 1931 年 5 月《现代学生》第 1 卷第 1—6 期，署名沈从文。1931 年 8 月由上海大东书局初版。

原目包括作品 9 篇：《后台》《家》《一个配角》《新的一幕》《大家皆在分上练习一件事情》《配角》《一个新角》《配角做的事》《一个不合理的败仗》。

28. 1929—1932 年另发表小说 6 篇：

《落伍》《楼居》《知己朋友》《燥》《懦夫》《佹之先生传》。

29.《虎雏》1932 年 1 月由新中国书局初版。

原目包括作品 5 篇：《中年》《三三》《虎雏》《医生》《黔小景》。

30.《凤子》1933 年 7 月由杭州苍山书店初版。其中 1—9 章发表于 1932 年 4 月 30 日、6 月 30 日《文艺月刊》第 3 卷第 4 号，第 5—6 号合刊，署名沈从文。

原目包括作品 9 篇：《寄居某地的生活》《一个黄昏》《隐者朋友》《某一个晚上绅士的客厅里》《一个被地图所遗忘的一处　被历史所遗忘的一天》《矿场》《去矿山的路上》《在栗林中》《日与夜》。

1934 年北平立达书局再版《凤子》时，增加了《凤子·题记》。1937 年 7 月作者又发表了《神之再现——凤子之十》一章。

31.《都市一妇人》1932 年 11 月由新中国书局初版。

原目包括作品 6 篇：《都市一妇人》《贤贤》《厨子》《静》《春》《若墨医生》。

32.《阿黑小史》1933 年 3 月由新时代书局初版。

原目包括作品 5 篇：《油坊》《秋》《雨》《病》《婚前》。

33.《一个母亲》发表于 1929 年 7 月 10 日《新月》第 2 卷第 5 号，署名沈从文。1933 年由合成书局初版单行本。

原目包括作品 2 篇：《一个母亲·序》《一个母亲》。

34.《如蕤集》1934 年 5 月由上海生活书店初版。

原目包括作品 11 篇：《如蕤集》《三个女性》《上城里来的人》《生》《早上——一堆土一个兵》《泥涂》《节日》《白日》《黄昏》《黑夜》《秋》。

35.《游目集》1934 年 4 月由大东书局初版。

原目包括作品 6 篇：《腐烂》《除夕》《春天》《夜的空间》《三个男子和一个女人》《平凡故事》。

36.《边城》全文原分 11 次发表于 1934 年 1 月 11 日至 21 日，3 月 12 日至 4 月 23 日《国闻周报》第 11 卷第 1—4 期，第 10—16 期。署名沈从文。

1934年10月由上海生活书店初版。1943年9月开明书店出版改订本。

原目包括作品2篇：《题记》《边城》。

37.《八骏图》1935年12月上海文化生活出版社初版。

原目包括作品10篇：《题记》《八骏图》《有学问的人》《某夫妇》《来客》《顾问官》《柏子》《雨后》《过岭者》《腐烂》。

38.《新与旧》1936年11月由上海良友图书印刷公司初版。

原目包括作品10篇：《萧萧》《山道中》《三个男子和一个女人》《菜园》《新与旧》《烟斗》《失业》《知识》《薄寒》《自杀》。

39.《主妇集》1939年12月由商务印书馆初版。

原目包括作品5篇：《主妇》《贵生》《大小阮》《王谢子弟》《生存》。

40.《月下小景》集1933年11月曾由上海现代书局出版。

原目包括作品9篇：《月下小景》《寻觅》《女人》《扇陀》《爱欲》《猎人故事》《一个农夫的故事》《医生》、《慷慨的王子》。

41.《神巫之爱》1929年7月由光华书局印行单行本。

原目包括作品6篇：《第一天的事》《晚上的事》《第

二天的事》《第二天晚上的事》《第三天的事》《第三天晚上的事》。

42.《长河》第一部的文稿大部分在 1938 年 8 月至 11 月间香港《星岛日报·星座》副刊上连载。1945 年 1 月，作者对上述已发表过的篇章作了大量非情节性的增补，由昆明文聚社出版单行本。

原目包括作品 12 篇：《题记》《人与地》《秋（动中有静）》《橘子园主人和一个老水手》《吕家坪的人事》《摘橘子》《大帮船拢码头时》《买橘子》《一有事总不免麻烦》《枫木坳》《巧而不巧》《社戏》。

43. 1935—1946 年间发表小说 12 篇：

《张大相》《王嫂》《乡城》《笨人》《乡居》《主妇》《小砦》《芸庐纪事》《动静》《看虹录》《摘星录》《虹桥》。

44. 1945 年后发表的互有联系的小说 4 篇：

《赤魇》《雪晴》《巧秀和冬生》《传奇不奇》。

1924-1946 沈从文经典作品（散文、传记）[①]

1.《一封未曾付邮的信》1924 年 12 月 22 日发表于《晨报副刊》，署名休芸芸。

2. 以《遥夜》为题的散文共有 5 篇。之一、之二收入第 1 卷《鸭子》集。其余 3 篇，之一原载 1925 年 2 月 3 日《晨报副刊》，署名芸；之四原载 1925 年 2 月 12 日《展报副刊》，署名芸芸；之五原载 1925 年 3 月 9 日《晨报副刊》，署名芸芸。

3. 同题散文 9 篇，《与 X》《与萍儿》《与小栗》原载 1925 年 3 月 10 日《京报 · 民众文艺周刊》；《给低着头的葵》《给你》《再给你》原载 1925 年 4 月 28 日《京报 · 民众文艺》；《给到 X 大学第一教室绞脑汁的可怜朋友》原载 1925 年 5 月 5 日《京报 · 民众文艺》；《给师傅的信》原载 1925 年 5 月 12 日《京报 · 民众文艺》；《给我将变老祥的大表哥》原载 1925 年 5 月 26 日《京报 · 民众文艺》。均署名休芸芸。

4.《流光》发表于 1925 年 3 月 1 日《晨报副刊》，署名休芸芸。

5.《致唯刚先生》发表于 1925 年 5 月 12 日《晨报副刊》，

① 据《沈从文全集》（北岳文艺出版社，2002）录入。

署名休芸芸。

6.《市集》发表于《燕大月刊》。后又先后刊载于 1925 年 4 月 1 日《京报 · 民众文艺》和 1925 年 11 月 11 日《晨报副刊》，分别以休芸芸和沈从文署名。《京报 · 民众文艺》刊发时，文后有“附告白”。《晨报副刊》刊载时，文后附有“志摩的欣赏”。

7.《通信》发表于 1926 年 3 月 6 日《晨报副刊》，署名小兵。

8.《Láomei，zuohen！》发表于 1926 年 8 月 30 日《晨报副刊》，署名懋琳。

9.《此后的我》发表于 1926 年 10 月 15 日《世界日报 · 文学》创刊前号，署名沈懋琳。

10.《游二闸》发表于 1927 年 9 月 8 日、29 日、30 日《晨报副刊》，署名沈从文。

11.《南行杂记》连载于 1928 年 2 月 1 日至 4 日《晨报副刊》，署名璇若。

12.《海上通讯》发表于 1930 年 5 月《燕大月刊》6 卷 2 期，署名沈从文。

13.《由达园给张兆和》以《废邮存底（一）》为题，发表于 1931 年 6 月 30 日《文艺月刊》第 2 卷 5—6 号，署名甲辰。

14.《由达园给刘廷蔚》以《废邮存底（二）》为题，

发表于 1931 年 7 月 15 日《文艺月刊》第 2 卷第 7 号，署名甲辰。

15.《由达园给徐志摩》以《废邮存底（三）》为题，发表于 1931 年 7 月 15 日《文艺月刊》第 2 卷第 7 号。署名甲辰。

16.《街》发表于 1931 年 7 月 15 日《文艺月刊》第 2 卷 7 号，署名沈从文。

17.《湘行书简》，其中“引子”3 函为张兆和致沈从文，“尾声”1 函为沈从文致沈云麓，余下 34 函为作者回湘途中给张兆和的信。

18.《湘行散记》，商务印书馆 1936 年 3 月初版。

原目包括作品 11 篇：《一个戴水獭皮帽子的朋友》《桃源与沅州》《鸭窠围的夜》《一九三四年一月十八》《一个多情水手与一个多情妇人》《辰河小船上的水手》《箱子岩》《五个军官与一个煤矿工人》《老伴》《虎雏再遇记》、《一个爱惜鼻子的朋友》。

19.《湘西》曾于 1938 年 8 月 25 日至 1938 年 11 月 17 日在复刊后的香港《大公报·文艺》连载，署名沈从文。其单行本由商务印书馆 1939 年 8 月初版。

原目包括作品 10 篇：《题记》《引子》《常德的船》《沅陵的人》《白河流域几个码头》《庐溪·浦市·箱子岩》《辰溪的煤》《沅水上游几个县份》《凤凰》《苗民问题》。

20.《烛虚》，上海文化生活出版社 1941 年 8 月初版。

原目包括两辑：第一辑《烛虚》《潜渊》《长庚》《生命》；第二辑《新的文学运动与新的文学观》《白话文问题》《小说作者和读者》《文运的重建》。

21.《孙大雨》发表于 1934 年 7 月 5 日《人间世》第 7 期，署名沈从文。

22.《三年前的十一月二十二日》发表于 1934 年 11 月 21 日《大公报 · 文艺副刊》，署名沈从文。

23.《蔡威廉》发表于 1939 年 6 月《新动向》第 2 卷第 10 期，署名沈从文。

24.《定和是个音乐迷》发表于 1946 年 8 月 20 日上海《大公报 · 文艺》第 49 期，署名沈从文。

25.《忆北平》发表于 1946 年 8 月 4 日上海《大公报》，署名沈从文。

26.《怀昆明》发表于 1946 年 8 月 13 日上海《大公报 · 文艺》，署名沈从文。

27.《北平的印象和感想》发表于 1946 年 9 月 22 日《经世日报 · 文艺》第 6 期，原题为《新烛虚》，署名沈从文。

28.《记胡也频》分 34 次连载于 1931 年 10 月 4 日至 11 月 9 日的上海《时报》，前 11 次由编者加有小标题，总题为《诗人和小说家》，自 12 次始取消了小标题，总题亦改为《记胡也频》，署名沈从文。

29.《记丁玲》和《记丁玲续集》，以《记丁玲女士》为题，分21节连载于1933年7月24日至12月18日的《国闻周报》第10卷29—50期，前6期署名从文，自34期起署名改为沈从文。连载时文字已被大量删除。

30.《从文自传》1934年7月由上海第一出版社初版，1941年经作者校改后，1943年12月开明书店出版了改订本。

原目包括18篇作品：《我所生长的地方》《我的家庭》《我读一本小书同时又读一本大书》《辛亥革命的一课》《我上许多课仍然不放下那一本大书》《预备兵的技术班》《一个老战兵》《辰州》《清乡所见》《怀化镇》《姓文的秘书》《女傩》《常德》《船上》《保靖》《一个大王》《学历史的地方》《一个转机》。

31.《略传——从文自序》原载于王哲甫编著的《中国新文学运动史》一书，1933年北平杰成书局出版。

32.《从现实学习》发表于1946年11月3日、10日天津《大公报·星期文艺》第4—5期，署名沈从文。

参考文献

一、期刊类

［1］李萌羽.后现代视野中的沈从文与福克纳小说[J].中国海洋大学学报（社会科学版），2005（3）.

［2］钟亚萍.沈从文祖籍家世初考[J].吉首大学学报，1989（1）.

［3］熊澧南.迟写的纪念——追忆少年同窗从文先生[J].凤凰文史资料第二辑——怀念沈从文，1989.83-85.

［4］佘爱春.论沈从文的现代生态思想[J].江苏大学学报（社会科学版），2008（7）.

［5］任娜.后现代语境下的沈从文研究[J].周口师范学院学报，2010（4）.

［6］刘洪涛.沈从文与现代小说的文体变革[J].文学评论，1995（2）.

［7］马新亚.文学的缘起与文学的缘起与“工具的重建”——考察沈从文与“五四”启蒙文学关系的两个断片[J].南方文坛，2016（4）.

［8］王小平．走向新的起点：沈从文的四十年代 [J]. 吉首大学学报（社会科学版），2005（2）.

［9］吴晓东唐伟．“细读”和“大写”——关于沈从文研究的访谈 [J]. 当代文坛，2018（5）.

［10］支克坚．一个被简单化了的主题——关于鲁迅小说及新文学革命现实主义发展中的个性主义问题 [J]. 中国现代文学研究丛刊，1981（3）.

［11］〔日〕今泉秀人．“乡下人”究竟指什么——沈从文和民族意识 [J]. 中国现代文学研究丛刊，1992 年（3）.

［12］朱光潜．从沈从文的人格看沈从文的文艺风格 [J]. 花城，1980（5）.

［13］冯思纯．回忆父亲废名先生 [J]. 湖北文史，2003（2）.

［14］斯诺整理．鲁迅同斯诺谈话整理稿 [J]. 新文学史料 .1987（3）.

［15］黄锐杰．“湘西”背后的“民族”与“国家”——由近三十年沈从文研究的流变谈起 [J]. 当代文坛，2018（5）.

［16］刘永泰．人性的贫困和简陋——重读沈从文 [J]. 中国现代文学研究丛刊，2002（2）.

［17］唐东堰．论沈从文的思维特质及其对创作与思想的影响 [J]. 中国文学研究，2016（1）.

［18］杨联芬 . 沈从文的“反现代性”——沈从文研究 [J]. 中国现代文学研究丛刊，2003（2）.

［19］赵学勇 .“美丽总是忧愁的”——《边城》的悲剧诗学解读 [J]. 中国现代文学丛刊，2011（9）.

［20］李永东 . 沈从文小说的创作与上海租界——解读《阿丽思中国游记》[J]. 中国现代文学研究丛刊，2006（3）.

［21］裴春芳 . 异质元素的“互观”——沈从文小说的叙事话语分析 [J]. 中国现代文学研究丛刊，2007（5）.

［22］凌宇 . 沈从文创作思想价值论——写在沈从文百年诞辰之际 [J]. 文学评论，2002（6）.

［23］旷新年 . 民族国家想象与中国现代文学 [J]. 文学评论，2003（1）.

［24］春时 . 现代民族国家与中国新古典主义 [J]. 文艺理论研究，2004（3）.

［25］张中良 . 中国现代文学的民族国家问题 [J]. 文学评论，2014（4）.

二、文献图书类

［1］邵华强 . 沈从文研究资料（上）[M]. 北京：知识产权出版社，2011.

［2］沈从文 . 沈从文全集（第十一卷）[M]. 太原：北岳文艺出版社，2002.

［3］沈从文 . 沈从文文集 [M]. 广州：花城出版社，1984.

［4］〔英〕鲍桑葵 . 美学 [M]. 北京：商务印书馆，1985.

［5］〔英〕戴维·洛奇 . 二十世纪文学评论（上册）[M]. 上海译文出版社，1987.

［6］王亚蓉 . 沈从文晚年口述 [M]. 西安：陕西师范大学出版社，2003.

［7］朱光潜 . 朱光潜全集第八卷 [M]. 合肥：安徽教育出版社，1993.

［8］周仁政 . 巫觋人文——沈从文与巫楚文化 [M]. 长沙：岳麓书社，2005.

［9］〔哥伦比亚〕加 · 加西亚 · 马尔克斯、普利尼奥 · 阿 · 门多萨，番石榴飘香 [M]. 北京：三联书店，1987.

［10］王继志 . 沈从文论 [M]. 南京：江苏教育出版社 .1992.

［11］钱理群，温儒敏，吴福辉 . 中国现代文学三十年 [M]. 北京：北京大学出版社，1998.

［12］贵州省地方志编纂委员会 . 贵州省志 · 地理志（上册）[M]. 贵阳：贵州人民出版社，1985

［13］尚立晰，向延振．张家界市情大辞典 [M]. 北京：民族出版社，2001.

［14］〔美〕乔治·桑塔耶纳．美感 [M]. 北京：中国社会科学出版社，1982.

［15］黄键．京派文学批评研究 [M]. 上海：三联书店，2002.

［16］程代熙，张惠民译．歌德的格言和感想集 [M]. 北京：中国社会科学出版社，1982.

［17］〔瑞士〕荣格．回忆·梦·思考——荣格自传 [M]. 沈阳：辽宁人民出版社，1988.

［18］〔瑞士〕荣格．荣格文集 [M]. 北京：改革出版社，1997.

［19］〔德〕叔本华．叔本华论说文集 [M]. 北京：商务印书馆，1999.

［20］杨义．京派海派综论（图志本）[M]. 北京：中国社会科学出版社，2003.

［21］杨义．京派与海派比较研究 [M]. 西安：太白文艺出版社，1994.

［22］宗白华．宗白华全集（第三卷）[M]. 合肥：安徽教育出版社，1994.

［23］梁宗岱．梁宗岱文集 [M]. 北京：中央编译出版社，2003.

［24］张辉 . 冯至——未完成的自我 [M]. 文津出版社，2005.

［25］〔德〕歌德 . 歌德文集 [M]. 北京：人民文学出版社，1999.

［26］吴宓 . 吴宓日记 [M]. 北京：三联书店，1998.

［27］宗白华 . 美学散步 [M]. 上海：上海人民出版社，1981.

［28］〔德〕顾彬 . 中国文人的自然观 [M]. 上海：上海人民出版社，1990.

［29］河南省考古学会 . 楚文化研究论文集 [M]. 郑州：中州书画社，1983.

［30］周振鹤，游汝杰 . 方言与中国文化 [M]，上海：上海人民出版社，1986.

［31］周作人 . 周作人批评文集 [M]，珠海：珠海出版社，1998.

［32］〔俄〕巴赫金 . 巴赫金全集 [M]. 石家庄：河北教育出版社，1998 年 .

［33］余英时 . 中国思想传统的现代诠释 [M]. 南京：江苏人民出版社，2006.

［34］朱晓进 ."山药蛋派"与三晋文化 [M]. 长沙：湖南教育出版社，1995.

［35］刘宝瑞，等 . 美国作家论文学 [M]. 北京：三联书店，1984.

［36］〔英〕李提摩太 . 亲历晚清四十五年：李提摩太在华回忆录 [M]. 天津：天津人民出版社，2005.

［37］蒋勋 . 孤独六讲 [M]. 桂林：广西师范大学出版社，2009.

［38］陈文忠 . 文学美学与接受史研究 [M]. 合肥：安徽人民出版社，2007.

［39］〔美〕金介甫 . 沈从文传 [M]. 北京：国际文化出版公司，2009.

［40］〔美〕金介甫 . 沈从文笔下的中国社会与文化 [M]. 上海：华东师范大学出版社，1994.

［41］〔美〕福斯特 . 小说面面观 [M]. 广州：花城出版社，1984.

［42］刘红庆 . 沈从文家事 [M]. 北京：新星出版社，2012.

［43］周作人 . 周作人书话 [M]. 北京：北京出版社，1996.

［44］〔瑞士〕荣格 . 心理学与文学 [M]. 北京：三联书店，1987.

［45］〔美〕郝大维，安乐哲 . 汉哲学思维的文化探源 [M]. 南京：江苏人民出版社，1999.

［46］吴晓东．从卡夫卡到昆德拉：20 世纪的小说和小说家 [M]. 北京：三联书店，2003.

［47］陈伯良．穆旦传 [M]. 北京：世界知识出版社，2006.

［48］朱竟．世纪印象：百名学者论中国文化 [M]. 北京：华龄出版社，2003.

［49］〔德〕本雅明．发达资本主义时代的抒情诗人论波德莱尔 [M]. 北京：三联书店出版，1989.

［50］冯姚平．给我狭窄的心，一个大的宇宙：冯至画传 [M]. 南昌：百花洲文艺出版社，2015.

［51］冯至．冯至学术论著自选集 [M]. 北京：北京师范学院出版社，1992.

［52］〔德〕本雅明．莫斯科日记·柏林纪事 [M]. 北京：东方出版社，2001.

［53］杨正润．现代传记学 [M]. 南京：南京大学出版社，2009.

［54］《丛刊》编辑部．《中国现代文学研究丛刊》30 年精编：作家作品研究卷（上）[M]. 上海：复旦大学出版社，2009.

［55］鲁迅．鲁迅全集 [M]. 北京：人民文学出版社，1981.

[56] 费孝通 . 乡土中国 [M]. 北京：三联书店，1985.

[57] 司马长风 . 中国新文学史 [M]. 昭明出版社，1975.

[58] 王继志 . 沈从文论 [M]. 南京：江苏教育出版社，1992.

[59] 刘洪涛，杨瑞仁 . 沈从文研究资料 [M]. 天津：天津人民出版社，2006.

[60] 吴向东，文选德 . 当代湖南文艺评论家选集凌宇卷 [M]. 长沙：湖南文艺出版社，1999.

[61] 罗常培 . 语言与文化 [M]. 北京：北京出版社，2004.

[62] 王辅世 . 苗语简志 [M]. 北京：民族出版社，1985.

[63] 杨义 . 中国叙事学 [M]. 北京：人民出版社，1997.

[64] 〔英〕雷蒙德·威廉斯 . 马克思主义与文学 [M]. 郑州：河南大学出版社，2008.

[65] 陈波 . 奎因哲学研究：从逻辑和语言的观点看 [M]. 北京：三联书店，1998.

[66] 〔美〕沃尔特·翁 . 口语文化与书面文化：语词的技术化 [M]. 北京：北京大学出版社，2008.

［67］〔美〕伊恩·P. 瓦特 . 小说的兴起—笛福、理查逊、菲尔丁研究 [M]. 北京：三联书店，1992.

［68］〔美〕亨利·詹姆斯 . 小说的艺术：亨利·詹姆斯文论选 [M]. 上海：上海世纪出版集团，2001.

［69］〔美〕李欧梵 . 铁屋中的呐喊——鲁迅研究 [M]. 长沙：岳麓书社，1999.

［70］陆耀东 . 冯至传 [M]. 北京：十月文艺出版社，2003.

［71］〔法〕米兰·昆德拉 . 小说的艺术 [M]. 北京：三联书店，1995.

［72］陈平原、[日] 山口守 . 大众传媒与现代文学 [M]. 北京：新世界出版社，2002.

［73］〔美〕纳博科夫 . 文学讲稿 [M]. 北京：三联书店，1991.

［74］〔英〕爱德华·摩根·福斯特 . 小说面面观 [M]. 广州：花城出版社，1984.

［75］汤锐 . 比较儿童文学初探 [M]. 济南：明天出版社，2009.

［76］王泉根 . 儿童文学的审美指令 [M]. 武汉：湖北少年儿童出版社，1991.

［77］高建新 . 山水风景审美 [M]. 呼和浩特：内蒙古大学出版社，2005.

［78］柏拉图 . 柏拉图文艺对话录 [M]. 北京：人民文学出版社，1983.

［79］闻一多 . 闻一多全集（第十卷）[M]. 武汉：湖北人民出版社，1993.

［80］〔瑞士〕荣格 . 心理学与文学 [M]. 北京：三联书店，1987.

［81］张新颖 . 沈从文精读 [M]. 上海：复旦大学出版社，2005.

［82］凌宇 . 从边城走向世界 [M]. 北京：三联书店，1985.

［83］王珞 . 沈从文评说八十年 [M]. 北京：中国华侨出版社，2004.

［84］冯至 . 冯至全集（第四卷）[M]. 石家庄：河北教育出版社，1999.

［85］钱念孙 . 朱光潜——出世的精神与入世的事业 [M]. 北京：文津出版社，2004.

［86］姚可崑 . 我与冯至 [M]. 南宁：广西教育出版社，1991.

［87］〔德〕荷尔德林 . 荷尔德林文集 [M]. 北京：商务印书馆，1999.

［88］李小兵 . 审美之维马尔库塞美学论著集 [M]. 北京：三联书店，1989.

［89］废名．冯文炳选集 [M]. 北京：人民文学出版社，1984.

［90］邓晓芒，易中天．黄与蓝的交响：中美学比较论 [M]. 北京：人民文学出版社，1999.

［91］余斌．西南联大·昆明记忆：文人与文坛 [M]. 昆明：云南民族出版社，2003.

［92］余英时．文史传统与文化重建 [M]. 北京：三联书店，2004.

［93］严复．严复集 [M]. 沈阳：辽宁人民出版社，1994.

［94］王国维．王国维文集（第三卷）[M]. 北京：中国文史出版社，1997.

［95］鲁迅．鲁迅全集（第一卷）[M]. 北京：人民文学出版社，1981.

［96］吴立昌．沈从文——建筑人性神庙 [M]. 上海：复旦大学出版社，1991.

后　记

1984 年，我偶然在邻居家读到人民文学出版社出版的《沈从文小说选集》（人民文学出版社，1982 年版），深深地被小说中的人物形象所吸引。在湖南师范大学读研究生时，我以《冯至与京派》为题进行硕士论文写作，对包括沈从文在内的京派文人做了一些小范围研究，得到了导师认可。2018 年，在撰写专著《1921—1949 冯至的人文世界》（已于 2019 年 6 月出版）的过程中，因为牵涉到冯至与沈从文等京派文人在文化价值观、文学体式和写作模式以及艺术表达内容的比较，我又再次在文学史料中寻迹于沈从文的内心世界。

2020 年春节刚过，因为新冠疫情，闭户读书成了最好的选择，于是我再次沉浸于沈从文的文字之中，开始撰写《1924—1946 沈从文经典作品与沅水流域文化研究》。沈从文曾经长时间地徜徉于沅水流域的中心城市常德，对沅水流域风物谙熟。1921 年 9 月，沈从文从芷江来到常德，一直居住到 1922 年 1 月才离开常德。沈从文在 1981 年 4 月 10 日回忆，“我们亲戚黄永玉的父亲是省二师范毕业的，他把我留下来，这就是我写湘西的《常德的船》的一个资本。因为一天没有事，就去看这个船，所以对湘西的船相当熟悉，大家说你怎么知道那么多的船，我一天就到那里，有半年每天看船。”[①] 他曾经和表兄黄玉书为了找工作，找过贺龙，“那时他任清乡指挥部的支队司令，驻扎在距常德九十里的桃源县。黄玉书托了个同乡，也是贺龙拜把兄弟写了个介绍信，……贺龙立刻答应给黄一个十三元一月的差事，沈担任差遣，月薪九元。由于沈有个聂家表弟在桃源找到译电员差事，沈几番来往桃源后一切弄得很熟。最后黄和沈都没去贺龙手下做事。”[②] 而时任湘西巡防军剿匪游击第二支队司令贺龙的清乡指挥部所在地就是笔者原工作单位湖南省桃源师范学校（时名湖南省立第二女子师范学校，也是黄玉书妻子杨光蕙的母校）旧址，这份情结使我愈加渴望揭开沈从文经典作品与沅水流域文化之间盘根错节的紧密联系。

众所周知，进入 21 世纪后，沈从文的研究者们已经开始借鉴和运用现代跨学科文化理论眼光来重新审视沈从文其人其作，沈从文研究视域呈现出宽广宏阔而又多姿多彩的鲜明特色。20 世纪 80 年代，金介甫就高度赞扬了沈从文

---

① 王亚蓉 . 沈从文晚年口述 [M]. 西安 : 陕西师范大学出版社，2003：57.

② 〔美〕金介甫 . 沈从文传 [M]. 北京 : 国际文化出版公司，2009:53-54.

的文学创作“能把美学与道德问题提到社会与观念形态学的高度”[①]。笔者认为，沈从文是以“赞天地之化育”的方式来体现沅水流域的人民所依循的“相生相养”和“济世度人”的社会生活准则。1924—1946 年期间，沈从文渐进的写作过程最终促成了他人格完成的境界的形成。笔者之所以将时间节点定在 1946 年，是因为 1946 年夏，沈从文携全家从昆明经过上海，在苏州住一阶段后回到北京，结束了颠沛流离的状态，开始了新的生活。

纳博科夫认为，“我们可以从三个方面来看待一个作家:他是讲故事的人，教育家和魔法师。”[②]沈从文之所以被人称之为文字的魔法师，是因为一个善于创新的沈从文总是可以创造一个充满新意的天地，经典篇章似山水画，总是溢满诗意。如果我们说沈从文的前期作品有的是在叙述自己生命来路的过程，那么，在国破家亡的时候，他开始在小说中追求个体与人类的拯救，这种向往构成了沈从文后期经典小说的基本叙事冲动和主导创作动机。我个人觉得，在读沈从文笔下的人物和生存境遇时，能够深刻地感受到他在思考哲学命题。“为天地立心，为生民立命，为往圣

---

① 〔美〕金介甫 . 沈从文传 [M]. 北京 : 国际文化出版公司，2009:199.

② 〔美〕纳博科夫 . 文学讲稿 [M]. 北京：三联书店，1991：25.

继绝学，为万世开太平”常被看作中国学人的最高抱负，沈从文继承和发扬传统文化，日新又新，创造了新的文学形式。沈从文自称是“二十世纪最后一个浪漫派”，作为一个自觉的小说艺术家，沈从文经典作品与沅水流域文化的联系，是其有意识的艺术策略，催生了从“五四”浪漫主义中分化出来的一种新的浪漫主义形态。

“伟大的艺术作品就像梦一样：尽管表面上一切都明明白白，然而它却从来不对自己作出解释，从来都是模糊暧昧的。”[①] 沈从文通过赋予经典作品以形式，已经最大限度地发挥了他个人的才能，他把解释留给了我们，留给了未来。

感谢我的妻子、儿子的支持与理解，为我的创作提供了一个良好的写作环境；感谢我的朋友、摄影家梁平先生，他为本书提供了许多精美照片；感谢编辑成晓春先生在我写作、出版本书的过程中所提供的热心帮助。衷心期待大家通过阅读本书，从内心获得快乐。

2020.7.25

① 〔瑞士〕荣格 . 荣格文集 [M]. 北京：改革出版社，1997：249.